스물 —— 스물아홉,

　무한한 마음의 이름들

최윤형 지음

스물-스물아홉,
무한한 마음의 이름들

프롤로그

엄마, 나는 열대야가 물고기 이름인 줄 알았어. 열대어와 열대야를 헷갈렸나 봐. 지금도 열대야가 찾아왔다고 하면, 열대어가 생각나. 열대어도 더운 나라에 사는 물고기니까, 열대야와 잘 어울릴지도 몰라. 그래서 나는 열대야를 더 잊지 못하는지도 몰라.

내 생일에 우리 가족이 함께 떠났던 여름휴가를 기억해. 8월 2일은 그런 날이었어. 아버지는 매해 휴가를 쓰셨고, 나와 누나는 언제나 방학이었지. 그러면 우리는 멀리 떠나곤 했어. 여름을 맞아서, 열대야를 맞아서. 열대야가 찾아온 밤이면 우리는 함께 멀리 떠나있었지.

난 그런 날들이 좋았어. 지금은 시간이 많이 흘러 그 밤이 흩어졌지만. 그럼에도 난 지금도 그 밤을 붙잡고 있어. 붙잡을수록 선명해지는 그 밤의 기억이 나를 지켜주고 있는 것만 같아서.

열대야와 열대어

- 창문을 열었던 밤

열대야는 아니라지만, 너무 많은 생각에 머리가 뜨겁던 어느 밤, 땀을 흘리며 아직 두꺼운 이불을 걷었다. 창문을 반쯤 열었다.

산바람이 시원한 초여름 밤, 아직 열대야는 오지 않았다.

새 정수장을 세운다며 공사 중이던 뒷산은, 빼곡했던 나무를 베고 민둥한 모습으로 남았다. 사라진 나무 사이로 옛 정수장의 흔적이 보였다. 정수장 뒤로 노을이 아름다워 찍었던 사진. 노을 하나에도 행복했던 나의 모습이 스친다.

갖은 생각으로 뜨거워진 내 뇌도 저 정수장처럼 낡았다면 새롭게 갈아주면 좋을 텐데. 하나 남은 걸 아껴 사용하는 중이고, 재입고의 여지도 없기에 잘 버텨내야 하는걸.

창문 열고 머리 식히는 밤. 아직도 열대야만 생각하면 열대어가 생각나서.

열대야와 열대어를 구분하지 못했던 웃음기 많던 그때의 내가 생각나고, 아팠던 기억이 생각나고, 꼬리에 꼬리를 물어 번지는 기억이 어느새 뒷산에 이른다. 과거와 현재가 한순간에 이어진다.

잠이 오질 않아.

잠이 오질 않아.

이 밤의 분위기에 익숙해졌나. 민둥해진 저 뒷산이 어느새 익숙해져 버린 것처럼, 잠 못 드는 이 밤들도 익숙해져 버리면 어쩌지.

열대야 아닌 밤. 창문을 열지만,

열대야 아닌 밤. 시원한 바람이 불지만,

눈과 등은 어느새 젖어들었다.

사랑의 답

- 나는 언제나 그 답을 찾고 싶었다

사랑에도 정답이 있을까. 고민하던 밤이었다. 보이지 않는 것을 고민하면서 허우적대던 밤, 새벽하늘에 옅게 비친 달을 보며 사랑을 물었다.

달아, 내가 하고 있는 것이 과연 진실한 사랑일까. 회색 시험지에 가지런히 누워있는 문장처럼 내 사랑도 답을 낼 수 있을까.

당신의 사랑과 나의 사랑이 다르다는 것을. 내가 사랑한 당신이 나를 사랑하지 않는 것은 결국 그 누구의 잘못도 아니라는 것을. 알면서도 자꾸만 묻고 싶었다.

가끔은 친구와 그 감정을 나눴다. 너의 사랑과 나의 사랑이 다르더라도, 우리가 함께 고민한다면 사랑의 정답을 찾을 수 있을 것 같아서.

아니, 실은 회피였다. 무형의 무언가에 맞설 때, 자신이 없어 두 팔로 얼굴을 가리는 것처럼. 답을 알면 겁 없이 뛰어들 수 있을 것 같아서. 나는 늘 사랑의 정답을 알고 싶었다.

어느 밤, 새벽달 옆에서 오롯이 빛나는 밝은 별 하나에게 또 한 번 사랑을 물었다.

별아, 사랑에도 정답이 있을까. 그렇다면 내 사랑은 정답일까, 오답일까.

별은 아무런 말이 없었고, 풀벌레는 잔잔하게 울고, 새벽바람은 차게 스쳤다.

까만 밤하늘을 정처 없이 바라보다가

여기가 하늘이구나.

여기가 하늘이구나.

찬란하지 않아도 괜찮은 여기는 나만의 하늘. 찬란한 사랑을 꿈꿨던 나를 놓아주기로 한 날.

사랑하는 사람과 대화를 나누고 그 만남에 가치를 부여할 수 있다면,

서로에 대해 알아갈 수 있다면,

대화 속 왜곡과 오해까지 이해할 수 있는 사랑이
내게 찾아올 수 있다면,

단단한 이해와 배려, 타협과 관용이 한 곳에 뭉쳐
서로가 완전히 어우러졌을 때,

비로소 진정한 사랑의 꽃이 피어난다.

한결같은 아름다움이나, 모난 곳 없는 순수함보
다

그럼에도 이해할 수 있다는 마음과

그럼에도 안아줄 수 있다는 포용이 필요하다고.

희생 없는 사랑은 이기적이고, 희생뿐인 사랑은
파괴적이기에, 그 중간을 찾기란 언제나 어렵겠지
만. 모두가 동의할 수 있는 사랑은 이 세상에 없을
지도 모르지만.

그럼에도 우리가 함께 쓸 수 있는 하얀 여백의 시

간이 있다면, 우리만의 사랑으로 그 여백을 가득

채우고 싶다.

　우리만의 방식으로, 우리만의 세상으로, 우리만

의 하늘로 그 세상을 아름답게 채울 때 비로소 진

정한 사랑의 꽃이 피어날 테다.

질투

- 나는 너를 진심으로 미워하지는 않았어

미안해, 너의 소식을 듣고 나는 마냥 좋아할 수가 없었어. 왜 이렇게 변해버린 건지. 이유는 모르겠지만, 이제 우리는 쫄쫄이를 입고 악당을 물리치던 사람들이 진짜 영웅은 아니라는 것을 알잖아.

나는 더 이상 그저 아름답기만 한 공주와 왕자가 선하다고 생각하지 않기로 했어. 가끔은 그들을 질투하던 옆 나라의 공주나 왕자에게 더 공감이 갔던 것 같아.

내가 너한테 보여준 웃음이 진실이 아니라는 것을 스스로 알게 되었을 때, 행복이나 사랑 같은 감정보다는 우울과 자괴감 그리고 실망 같은 감정이 더 자주 자리한다는 것을 알았지.

그 웃음은 거짓된 영웅이 입었던 쫄쫄이처럼 그저 나를 아름답게 포장하는 수단에 불과했어.

저 먼 나라의 제임스 아저씨를 보고 느꼈던 감정

이었다면, 이렇게 걱정하지는 않았겠지만, 감정의 요동은 가장 가까운 곳에서부터 시작되었지.

너와 내가 다른 길을 걷기 시작하면서, 우리 사이에 생긴 틈과 벽이 있다는 걸 알았어. 지난날 우리가 같은 것을 먹고, 배우면서 지냈던 시절과는 많이 달라졌다는 것을.

난 그 속에서 너와 나를 비교했지. 우리에게 이제 절대적인 것은 없어. 이제는 모든 것이 상대적일 뿐이야. 우리 사이의 틈은 이제 붙일 수 없을 만큼 커졌지만, 그 틈을 이어보려는 노력도 하지 않고 있어. 그렇기에, 상대적인 우리 사이에 나에게는 부러움이라는 씨앗이 싹을 틔웠고, 그 싹은 질투로 자라나기 시작했어.

잔잔함 속에서도 너는 언제나 쉽게 무언가를 이루는 것 같았고, 현실 속에서 나는 그것을 있는 그대로 받아들이기 어려웠어. 너는 마치 동화 속의 공주와 왕자처럼 완벽해 보였고, 나는 그저 난쟁이 같았거나, 왕자가 타고 다니던 말에 불과한 것 같았어. 난쟁이와 말은 분명 공주와 왕자를 부러워했을 거야. 언제나 그들에게는 화려한 조명이 떨어졌으니까.

너의 성공과 성취는 분명 축하받아 마땅했지. 그런데, 현실 속에서는 있는 그대로 받아들이기가 어려웠어. 가끔은 너의 성공과 성취가 나에게 상처로 다가왔거든.

그러니, 이제는 너를 조금 더 멀리서 바라보려고 해. 결국 이 과정도 내가 성장하는 하나의 과정으로 생각하기 위해서야. 그러다 보면 너를 다시 안아줄 수 있을 것 같아. 그래, 나는 지금 내게 찾아온 감정의 풍파를 견뎌내는 중이야.

내가 어디로 떠나든 너는 그곳에 있을 것이고, 네

스물-스물아홉, 무한한 마음의 이름들

가 나를 잊더라도 나는 너를 항상 기억할 거야. 그렇게 너에게 느낀 질투의 감정은 곧 내 삶을 살아가는 데 큰 걸림돌이 될 것 같아. 하지만, 그 걸림돌을 빼내기 위해 떠난다면 한동안은 고립된 채 내 안에서만 머무르게 되겠지.

복잡하고도 모순적인 감정 안에서 나를 조금 더 돌아보고, 삶을 더 깊이 이해하면서, 조금 더 단단한 존재로 거듭날게. 감정이 나와 너를 괴롭히는 순간이 많겠지만, 바로 그 감정으로 인해 우리는 자각하고 변화하고 있어.

내가 너에게 느낀 질투의 감정이 그럼에도 너와 내가 함께해야 한다는 걸 알려주는 것 같아.

질투와 자괴감 그리고 실망은 모두 우리의 일부이기에 그것을 품는 법을 배워보려고 해. 감정의 본질을 이해하려는 노력은 분명 성숙으로 가는 길일 거야.

스물-스물아홉, 무한한 마음의 이름들

내가 사랑한 스물

- 스물, 무한한 마음의 이름들

나는 스물을 사랑했다. 회색빛 가득했던 도시에 스쳐 가던 네온사인 사이로 화려한 거리를 걸었다. 청춘의 시작이라고 생각했던 그 겨울, 제야의 종소리와 함께 찾아온 낯선 추위를 느꼈다. 주머니에 손을 넣었다. 주머니 속 지갑에는 신분증이 반듯하게 꽂혀 있었다.

플라스틱 조각에 불과했던 신분증이 어른의 상징으로 제 역할을 했다. 술이나 담배처럼 일탈로 불리던 것들을 자연스럽게 접할 수 있었고, 잘 나가던 아이들의 전유물은 공공재가 되었다.

학생이라는 호칭보다 존칭을 자주 듣게 되었다. 오전에 학교에 가지 않는 것만으로도 우쭐한 기분이 들었다.

교복을 입고 똑같은 모습으로 지나가는 바가지머리의 학생들은 나의 올챙이 시절 기억이 되었다.

그래봐야 나도 이제야 다리 한 쌍 자라난 올챙이였지만, 그 차이는 대단해 보였다.

비슷한 친구들을 만나면, 괜히 으스대면서 미래나 직업이나 심지어 결혼처럼 진정한 어른들의 이야기를 나눴다. 그럴 때면 어깨가 올라가면서 괜스레 카페 안의 사람들을 의식했다.

어른이라면 그럴 수 있다고 생각했던 스물.

책임 없는 권리를 쥐고 싶었고, 실질보다는 가식이 더 좋았다.

청춘은 그런 줄 알았다.

뭐든지 해도 되는 것처럼,

뭐든지 할 수 있는 것처럼,

하지만, 청춘에는 화려한 가능성과 함께 막중한 책임감이 있었다.

청춘은 무한한 도전을 가능하게 했지만, 도전 속 의미를 찾는 것은 결국 자신의 몫이었다.

한 해가 아쉽다고 생각한 적은 없었다. 조금 더 성숙해진다면 스물이었던 내가 스물다섯이 되는 날에는 무언가를 이뤄놓았을 거라고 막연히 생각했다. 무한한 가능성이 있던 플라스틱 조각과 젊음으로 두려움 따위는 잊었다.

하지만, 시간이 지나면서 조급해졌다. 도전에 비해 돌아오는 것은 없었고, 세상의 벽은 높았다. 나보다 뛰어난 사람들은 많았으며, 나의 한 걸음에도 박수갈채가 쏟아지던 곳은 나만의 온실이었다는 것을 알았다.

세상은 냉혹했다. 사람들은 쉽게 가면을 썼고, 누군가를 쉽게 신뢰하면서도 상처를 냈다. 오늘의 친구가 내일은 적이 되어 있었고, 내가 한 말이 왜곡

되는 것은 어려운 일이 아니었다. 침묵이 금이라는 말을 이해하기 시작했으며, 본 만큼 믿고 들은 만큼 말하는 것이 어리석은 일이라는 것을 알았다.

사라져가는 것에 미련을 두지 않기 시작했고, 다가오는 것을 특별히 거부하지도 않았다. 흘러가는 대로 두는 것이 가장 좋다는 아버지의 말씀은 옳았고, 순리는 있었다. 그렇게 이대로 늙을 수 없다는 마음과 이제는 더 많은 것을 책임져야 한다는 마음이 뒤엉켰다.

스물다섯, 사랑했던 스물과 이제는 놓아버린 그때의 나는 다른 사람일까. 사랑했음에도 돌아가고 싶지 않다. 스물은 아름답지만 미련했다.

스물, 지나간 날들임에도 선명히 기억에 남아 있는 것들 사이에서 존재의 가치를 되묻는다. 살아있으나 살아있다고 볼 수 없는 것들과 사라졌지만 여전히 마음속에 남아 있는 것들.

어떤 사람은 지금 곁에 없지만, 그 사람과 함께했던 순간의 기억은 여전히 내 삶을 푸르게 만든다. 어떤 시간은 이미 지나갔지만, 그때 느꼈던 감정은 현재의 나를 움직이게 만든다. 내 기억 속의 아름다운 추억으로, 혹은 누군가의 기억 속의 푸른 생동감으로 남아 있다면.

스물의 청춘은 경험이고, 맺음과 씨앗이었다면, 이제는 그 씨앗의 결실이 맺힐 차례. 청춘은 단순한 젊음의 시간이 아니라, 우리가 세상과 맺는 관계 속에서 생겨나는 감각이자 정서이며, 삶의 한 국면을 바라보는 시선이다.

유한한 삶 속의 무한한 경험으로 실패를 두려워하지 않고, 꿈꾸며 아파하면서도 나아가고자 하는 동력. 가끔은 어른이기를 포기하지 않으며, 또 가끔은 아이처럼 투명하게 울고 흔들릴 수 있는 마음.

비로소 살아있음을 느낄 수 있는 순간들이 모여 진정한 청춘으로 거듭나고 있다. 잊지 못할 누군가의 눈동자와 미완의 꿈을 안고 흔들리던 밤. 설레면서도 두려웠던 첫 시작 속에 있는 감정들. 그것들은 모두 우리의 스물이었다. 봄이 다시 오는 순간 피어날 무한한 마음의 이름들.

그것들은 모두 우리의 스물이었다.

봄이 다시 오는 순간 피어날

무한한 마음의 이름들.

변화를 두려워하는 너에게

- 너에게 단단한 감정이 생기는 날까지

변화는 두려웠지. 나는 어릴 적부터 그랬어. 엄마 손에 이끌려 유치원에 갈 때마다 가기 싫다고 눈물을 쏟았거든. 유치원에 가던 첫날을 기억해. 엄마와 떨어지기 싫다면서 세상이 떠나도록 울던 나는 원장님의 손에 이끌려서 들어갔지. 엄마는 눈물을 훔치면서 그런 나를 바라보고 있었어.

축복을 받으며 태어났지만, 그 축복이 부담스러웠는지 세상에 나가는 것을 두려워했던 나는 그렇게 자라 어른이 되었어.

어른이 되면서 나에 대한 책임을 져야 했지. 세상은 나를 내 보호자라고 지칭했어. 내가 나를 잘 지켜야 한다고. 시키는 대로만 살아온 나는 어느새 스스로 사는 법을 배워야만 했어. 모든 것은 새로웠고, 약하기만 했던 발바닥에 상처가 나기 시작했어. 날 선 풍경들에 자주 발을 베었던 거야.

발바닥에 조금씩 굳은살이 생기기 시작할 때쯤, 삶은 익숙해지기 시작했어. 세상은 무섭지만, 때론 단순했고 내게 필요한 건 상황에 따른 대처라는 걸 알았지. 말해야 할 순간과 그렇지 않은 순간. 웃어도 괜찮은 순간과 웃으면 안 되는 순간을 구분하게 된 거야.

그럼에도 그 순간 속에서 내가 만들어낸 나의 역할은 영원하지 않았어. 언젠가 또 다른 사회에 내던져졌고, 그 사회에서는 지금껏 견뎌온 발바닥의 굳은살은 소용이 없었지. 다시 뽀얀 발바닥이 되어 버렸으니까.

나는 또 상처를 내며 적응해야 했어. 항상 나를 갉아먹었지. 그럼에도 시간의 흐름을 타고, 세상과 함께 새롭게 나아가야만 했어. 그날의 엄마처럼, 그날의 원장님처럼 나를 이끌어주는 사람이 사회에는 없었거든.

그렇게 다시 어색한 공기와 불편한 기압이 내 어깨를 누르고, 마른기침을 해대며 침을 꼴깍 삼키길 며칠이 지났지. 낯선 냄새가 익숙해지고, 어느 하루가 당연해지던 날, 다시금 단단한 굳은살이 생기던 날. 이제는 변하지 않는 감정이 자라는 것을 느꼈어. 상처 나고 아물고, 상처 나고 아물고. 또다시 상처 나더라도 이제는 무너지지 않는 감정이 있어. 어린 날의 나와 다르게 조금 부푼 가슴으로 현관문을 열고 나가는 나는 어느새 어른이 되어 있었던 거야.

변화를 피하면 삶이 고요할 수 있지만, 그 안에는 성장이 없지. 이제 우리는 고요함보다는 조금은 불안한 성장의 길을 선택할 때야. 네가 느끼는 이 낯섦과 어색함, 그리고 고통까지도 결국은 더 나은 너로 이끌어줄 것임을 믿는다면, 네게도 단단한 감정이 생길 거야. 지금 네게 해줄 수 있는 말이 이것뿐이라 미안해. 고통에 신음하는 너를 쓰다듬어 주지 못해서 미안해. 그래도 지금처럼 버틴다면, 버티고 또 버틴다면 지금보다 단단한 네가 될 거야.

시간이 약이라는 말

- 하얀 셔츠를 입은 사람들

아름다운 말로 포장한 과거는 다시 돌아갈 수 없다는 아쉬움 때문인지, 그 존재만으로 귀하게 느껴진다. 다시 붙잡을 수 없는 손. 다시 들을 수 없는 목소리. 가장 먼저 잊힌 목소리의 형태를 그리면서 좀처럼 떠오르지 않는 그 목소리를 기억하려 애쓰던 하루.

그 사람의 머리칼이 스친 어깨 위로 보고 싶다는 작은 소망을 담아 보냈다. 소망은 바람을 타고 흐르는 듯하더니 자동차 경적에 묻혀 사라졌다.

돌아간다는 게 뭘까. 마음먹은 대로 무엇이든 할 수 있었던 만화 속 주인공이 부러워질 때쯤, 그래도 괜찮았다며 마음을 다독여 봤다. 괜찮지 않았기에, 괜찮았다고 말할 수 없는 당신에게 그저 나쁘지 않았다는 말로 그날을 위로할 수 있다면. 시간이 모든 것을 해결한다는 어른들의 말에, 나도 어른이 된 건지 고개를 떨굴 뿐이다.

시간이 해결한다는 것은 그저 무뎌지는 것 아닐까. 그걸 과연 해결이라 할 수 있는 것일까. 무뎌지면 평온하다고. 고된 하루 끝에서 욱신거리는 이 어깨도 시간이 지남에 따라 자연스레 치유된다고. 그러니 시간이 약이라는 어떤 이의 말.

나는 아직 그 말을 믿지 않는다. 넥타이에 하얀 셔츠를 입은 어른들의 핑계, 세상을 더 살았다는 그들의 멋들어진 말장난에 불과하다고. 내 고통은 지금 여기 있고 그건 시간이 지나도 그대로일 것만 같은데 어떻게 시간이 그것을 해결한단 말인가.

할아버지께서 돌아가셨던 2019년의 크리스마스. 어머니는 할아버지를 껴안고 눈물 흘렸다. 당시 내 나이 열아홉. 내 세상의 전부라고 생각했던 한 여자의 눈물을 지켜봐야 했던 날. 어머니가 결국 웃

스물-스물아홉, 무한한 마음의 이름들

음을 잃어버릴까 봐, 다신 웃지 못할까 봐 걱정으로 숱한 밤을 보냈다.

시간이 흘러 할아버지가 계신 봉안당에 찾아갈 때면, 어머니는 할아버지의 사진 앞에서 환하게 웃었다. 어머니도 어른이라서, 시간이 약이라는 말을 받아들인 걸까. 어머니는 정말 아픔을 잊은 걸까. 아니면 아픔을 삼켜내는 법을, 아파도 웃는 법을 알아낸 걸까.

이제 더 이상 들을 수 없는 할아버지의 목소리를 어머니는 잊었을까, 잊지 못했을까.

어쩌면 어머니에게 시간이 약이라는 말은 그럼에도 살아가야 할 다른 이유를 만들라는 말.

아픔을 추억하라는 말은 아니었을까.

정답을 찾지 않아도
자연스레 알게 되는 것이 있는 것 같았다.

어머니는 맑은 눈물을 닦았고 이내,
입꼬리를 올렸다.

시간이 약이라는 말을
어머니는 꽤 오랫동안 입에 달았다.

불모지

- 내가 처음 사회에 나가던 날

불모지에 떨어졌다. 주위를 둘러봐도 살아있는 이 없다. 입이 있어도 말할 수 없는 곳에서, 눈이 있어도 볼 수 없는 곳에서 출구를 찾지 못한 채 서성인다.

밤하늘을 바라보며 북두칠성을 찾는 시늉만 할 뿐. 사실 잘 아는 게 없어서 그림의 떡 하나에 불과함을 알았다.

도망가자.

그곳이 어디든 여기보단 좋을 테니.
말할 수 있는 곳으로, 볼 수 있는 곳으로 존재함의 이유를 알 수 있는 곳으로 가자.

그러나 사방이 같고, 하늘은 검어서 도망칠 곳은 보이지 않고 도망친 곳에 낙원은 없다기에.

그저 해지는 저쪽이 서쪽이며, 해 뜨는 이쪽이 동

쪽이니.

날이 밝아오는 쪽으로 가자.

헤어질 용기, 다시 만날 용기

- 네가 떠나가던 날, 우리의 첫 만남을 떠올리면서

꽃가지 꺾어 아름다운 다발 하나 만들고, 다양한 향기 담아서 예쁜 글자 적힌 종이에 돌돌 감싸 너에게 주려고 했는데. 너는 뭐가 그리 급해서 먼저 떠났나.

잊어야 함에도 기억하는 것과 잊기 싫어서 기억하려는 것 사이에 큰 차이가 없다는 것을 알게 될 무렵. 이별이 삶의 당연한 순리임을 알게 된 나는, 상처에도 만남을 지속하려는 우리의 모습이 어리석게만 느껴졌다.

만남은 이별을 전제하고, 당연한 만남에도 끝이 있다. 익숙한 냄새 밴 나의 공간과의 이별. 그리고 그 공간을 치워주던 당신과의 이별. 그 이별이 작별의 형태로 바뀔 어느 날이 다가오고 있다. 의식할수록 두렵기만 해서 그 순간을 미뤄보려고 하지만, 운명은 마음대로 바꿀 수 있는 것이 아니라서.

우리가 할 수 있는 것은 그런 이별에도 초연한 자세로 머무르는 것이다.

차라리 처음부터 정을 주지 않았더라면, 이별도 아쉽지 않을 텐데. 하지만 당신은 어쩔 수 없다는 듯이, 시간이 흘러 삶에 익숙해지듯 내 안에 스며들었다.

그 안에 우리의 감정이 깃든다. 너는 내가 되고, 너의 아픔도 나의 아픔이 되었다. 그런 너와의 작별은 어쩌면 나를 떠나보내는 것과 같았다.

그럼에도 또 다른 만남을 시작할 수 있을까. 만남과 이별. 이별과 만남.

그 알 수 없는 서사는 언제나 우리를 망설이게 만든다.

만남이 이별을 전제로 하는 것처럼 이별도 새로

운 만남을 전제로 한다고 생각할 수 있다면.

이별은 순간을 더 소중하게 한다. 삶에도 끝이 있기에, 그 사실을 떠올리면 하루가 더 소중하고 찰나의 시간이 빛난다.

우리는 그렇게 매일 이별하고, 매일 새로운 인연을 만난다. 어떤 만남은 영원할 것처럼 길고, 또 어떤 만남은 찰나처럼 짧다.

그렇게 모든 이별과 만남은 삶의 본질을 향하는 하나의 조각이 된다.

헤어질 용기와 다시 시작할 용기. 인생은 결국 그 반복 속에서 피어나는 변화와 성찰의 연속이다. 우리는 이별과 만남의 무한한 반복 속에서 조금 더 담담해진다.

전부

- 그 사람이 전부였다고

사라진 벚꽃잎을 그리워했다. 지날 걸 알면서도. 새로이 마주할 또 다른 개화기를 알면서도. 그저, 잡지 못한 그 꽃잎이 전부일 것 같아서. 혹여, 이듬해 그 나무를 베어버릴 것 같아서. 그때의 네가 가장 아름다운 벚꽃일 것 같아서. 난 장난감 못 산 아이처럼 스스로 화가 나 욱하는 마음으로 내게 개화기는 없다고. 지나간 날들만 남았다고. 밑동만 남은 나무에 걸터앉은 자세를 취하고는, 사라진 벚꽃잎을 그리워했다.

세렌디피티

- 네가 성공할 줄 몰랐는데

너의 성공이 우연인 것 같아서. 가끔은 노력의 가치를 부정했지. 우연한 성공으로 영원할 수 없다고 너를 깎아내리면서 밥상에 너의 이름을 올리고는, 잘 익은 김치를 우적거리면서 씹어댔어.

그렇게 너는 우리만의 조롱거리였고, 너의 성공은 우리 앞에서 폄하되었지. 그런데, 분명 잘 씹는다고 씹었던 김치는 소화가 되지 않았고, 배가 계속 아팠어. 아니야, 네가 부러워서 아팠던 게 아니야. 너무 오래된 김치를 먹어서 그랬을 거야. 김치를 제대로 씹지 않아서 그랬을 거야.

그렇게 소화가 되지 않은 몸을 이끌고, 조금 걸으면 나아질 거라고 하면서, 집 앞 하천을 걸었지. 어둠이 짙게 내려앉은 하천 위로 높은 건물이 반짝거렸어. 이 작은 도시의 야경도 꽤 봐줄 만하다고 생각하면서, 그렇게 계속 걸었지.

건물 옆으로 달이 하나 있었어. 그날이 보름이었나, 달은 꽤 크게, 그리고 꽤 동그랗게 가득 찼었어.

난 신을 믿지 않았어. 하지만, 하늘을 보고 빌었지. 나에게도 성공을 달라고, 왜 노력하는 내 모습을 봐주지 않는 것이냐고 말했지.

너의 성공이 거짓되었다고 말했고, 나의 성공이 진실이라고 말했지. 어제 산 복권이 이번에는 행운의 숫자로 가득하게 해달라고 빌었고, 지금까지 내가 한 노력이 충분하니 보상을 달라고 말했지. 그렇게 걸었음에도, 배가 계속 아팠어. 소화가 되기는 하는 걸까. 배 속의 요동이 언제쯤 그칠까.

나도 이런 마음이 고약하다는 것을 알고 있어. 달빛 아래 체조하는 사람들과 땀 흘리며 달리는 저 사람들이 나보다 건강하다는 것을 알면서도, 같이 체조를 해보려는 노력이나 같이 땀 흘리며 달리려는 노력은 하지 않으면서 그들의 건강을 부러워했으니.

네가 그랬던 만큼 꾸준히 노력하지 않으면서도, 그저 보이는 삶만 믿었기 때문에, 나는 그저 아름다운 모습만 보여주고 싶었어.

그런 고얀 마음속에서, 너의 처절했던 노력과 날것의 땀방울은 모른 척하고 싶었던 거야. 네 노력은 그저 운이라고 생각하면서.

실은, 성공한 네가 기적의 수혜자라고 생각하지 않아. 너는 고단했던 순간 속에서도 인내를 쌓아갔지. 너의 성공을 보면서 나와 내 주변 사람들은 기적이라고 부르지만, 정작 그들은 그 기적 이전의 억겁의 시간에 대해서는 눈을 돌렸거든.

넌 어두운 새벽, 남들보다 일찍 하루를 시작했지.

남들보다 오랜 시간 몰입하면서 살아왔던 네 삶의 궤적을 정면으로 마주한다면 그럼에도 우리가 기적이라고 부를 수 있을까?

어쩌면 이 세상엔 완벽한 기적은 없는 건지도 몰라. 갑작스럽게 나타난 행운처럼 보이지만, 실은 그 안에 고통과 실망, 좌절과 자기 회의가 있었다는 걸 알아.

그러니 기적은 없겠지. 아니, 기적은 있지만, 그것은 만들어진 것이고, 무수한 선택과 노력과 실패의 결과라고 믿어.

세렌디피티를 알아? 우연히 이뤄낸 행운과 성공. 우연처럼 보이는 성공 속에도 결국 어떤 배경과 맥락이 있었고, 그 순간을 위해 준비된 네가 있었기 때문에 가능했던 거야.

우연은 결코 아무에게나 오지 않아. 세렌디피티

는 준비된 사람에게만 오는 거야. 세렌디피티도 우연보다는 노력의 결과라고 할 수 있지. 우리가 부러워하는 너의 성공과 또 다른 누군가의 성공은 현재를 기준으로 하지만, 지금까지의 결과 이전의 것들은 대부분 보지 않아. 누군가의 화려한 삶 속에서 이면에 깔린 눈물과 인내는 계산하지 않지. 그저 '기적'이라고 단순화하면서 그 사람의 삶보다는 노력 끝에 가진 그 결과를 부러워하거든.

노력이 얼마나 어려운 일인지 우리는 잘 알아. 또 다른 누군가는 노력조차 할 수 없는 고난을 겪고 있을지도 모르지. 하지만, 우리에게는 꾸준함이 필요해. 세상을 향한 열린 시선을 품고 살아가야 해. 성공을 부러워하기보다, 삶을 배우려는 자세를 익혀야 하지. 빠른 성공보다는 많은 변화와 굴곡이 다가오더라도 그 속에서 휘둘리지 않는 용기를 알아야 해.

너의 성공에 더 이상 배가 아프지 않을 수 있는 날이 오길 바라. 그렇게 진정한 축하를 건넬 수 있는 날이 온다면, 세렌디피티의 진정한 뜻을 알게 되는 날. 나도 너처럼 조금은 기적에 가까워져 있지 않을까.

우리가 사랑하는 방법

- 다가가지 못하는 사람과 다가오지 않는 사람

난 언제나 부족했고, 넌 언제나 완벽하게만 보였어. 그 때문일까. 가끔은 다가갈 수 없는 벽을 느끼다가도, 그 벽을 한 번은 허물어 볼 수 있지 않을까 고민하기도 했었지. 간혹 연락이 닿을 때면, 태연한 척을 해야 한다는 주변 사람들의 말에 흔들려서 억지로 답장을 늦게 하기도 했어. 하지만, 열 손가락으로 셀 수 있던 그 기다림의 시간은 내가 얼마나 급했는지 그 마음을 대변했던 것 같아. 열 손가락이 모두 접히기도 전에, 너와 연락이 닿았다는 것만으로도 이미 내 마음속에는 축제가 열렸지.

열 손가락 중 일곱 손가락이 접힐 동안, 고민하고 또 고민했지. 어떻게 답장해야 할까. 장문보다는 단문이 좋을 것 같았고, 이모티콘이 과한 건 별로인 것 같았어. 물음표를 붙이기에는 이전에 보냈던 문장에도 물음표는 붙어있었지. 그렇다고 물음

표 없이 문장을 끝내면 너에게 답장이 온다는 보장이 없잖아.

혹여나 이 점 하나로 어렵게 잡은 기회가 날아가 버릴까 봐 두려웠던 거야. 이 사람에게 묻고, 저 사람에게 물었어. 어떤 대답이 가장 좋을 것 같은지 말이야. 식은땀을 흘리며 다수가 가장 좋다고 동의한 문장을 적어서 너에게 보냈지. 그때까지 일곱 손가락이 접힐 만큼 시간이 흘렀던 거야. 너의 답장을 기다리려면 열 손가락에 다른 열 손가락을 빌려 와도 모자랐지만 말이야.

엄지로 종이비행기를 접어 너에게 날리고, 다시 긴장의 시간이 시작됐어. 마음속 모든 세포는 손목에 걸친 시계의 진동을 잡기 위해 노력했고, 시간을 확인하겠다는 핑계로 십 초마다 휴대전화를 켰지. 가끔은 그런 긴장감을 위해 일부러 알람을 꺼놓기도 했어. 차라리 잊고 있다가 확인하면 좋을 것 같았거든.

　다른 곳에 정신이 팔릴 때쯤, 너에게 답장이 왔지. 1분도 채 지나지 않아서 확인한 답장. 내가 보냈던 물음표가 점으로 바뀐 너의 대답에 따뜻한 감정 같은 것은 느껴지지 않았어. 너에게는 이 대화창이 그저 사실을 전달하기 위한 수단이었지. 이렇게도 불평등한 우리의 관계에서 내 마음에만 꺼지지 않는 불꽃이 붙었어. 난 매일 그 불을 끄기 위해 소화기를 뿌려댔지.

　사실 어색했던 그 말들. 누가 봐도 어색했던 문장들의 조합이었지만, 그 문장에 심혈을 기울여야만 했던 것은 그 방법만이 너와 닿을 수 있는 유일한 방법이기 때문이야. 나의 방식대로 자연스럽게 대화를 걸었다면, 조금은 괜찮지 않았을까. 심혈을 기울인다거나, 애써 포장한다거나, 누군가에서 도움을 받지 않았다면. 그래서 온전한 내 모습으로 너에게 다가갔다면, 네가 바라본 내 모습이 조금은 다르지 않았을까.

그렇게 서툴렀던 시간이 지났어. 언제쯤 자연스러워질 것인지 알 수 없던 계절들이 지나고, 이제는 관계를 조금은 멀리서 볼 수 있는 나이가 됐어. 이십 대 중반쯤 되니 나의 행동과 말이 누군가에게 부담이나, 상처를 줄 수 있다는 것을 실감했지. 모두 경험에서 나온 것일지도 몰라. 누군가에게 부담과 상처를 받아봤기에, 사람에게서 받을 수 있는 무거운 감정을 나도 누군가에게 주지 않았을까 고민했어.

그래서 이제는 나와 비슷한 고민을 안고 있는 사람들에게 조금은 멀리서 사람을 지켜보라고 말하고 싶어. 정말로 사랑하는 사람이 있다면, 그럼에도 그 사람에게 따듯한 말 한마디도 전하지 못하는 시간이 괴롭겠지만. 그래서 내 말이 공허한 말로 들릴지도 모르겠지만.

조급한 마음으로 관계를 밀어붙이면 급할수록 어긋나기 마련이라, 어쩌면 인연이 아닐지도 모르는 그 관계를 억지로 이어가면 훗날 더 아픈 이별을 맞이할 수도 있다고.

섣부른 감정 표현이 오히려 두 사람 사이의 거리감을 만들고, 그로 인해 남보다 못한 사이가 되는 일도 흔한 일이지. 확신할 수 없는 기다림 속에서 마음을 지키는 일이 어렵더라도 그 감정의 무게를 견디고, 진실한 마음으로 기다릴 수 있다면. 불확실한 내일을 살아가는 우리 모두의 이야기처럼, 네가 그렇게 평범하게 살아갈 수 있다면.

감정의 깊이는 결국 여유 속에서 더 잘 드러나고, 관계는 기다림 속에서 비로소 꽃을 피우더라고. 그러니, 다가가지 못하는 것과 다가가지 않는 것은 모두 한 사람의 방식임을 이해하자. 언젠가, 같은 속도로 마주할 진실한 너의 인연을 위해서.

기적

- 같은 프레임 안에 선 우리

만났다는 사실, 자체로도 깊은 인연인 것 같다.

만나고 싶다고 생각한 이를 만나는 것은 어려웠고, 가끔은 시간을 내 만나려 해도 쉽지 않았다.

인생을 살면서 그 순간들을 작은 단위로 살펴볼 수 있다면 어떨까. 초 단위로 흘러가는 감정과 미세하게 틀어지는 시선 그리고 발자국은 저마다 각자의 프레임을 장식한다.

흘러가는 프레임 속에서 두 사람이 삶의 어느 한 순간에 만났다면, 그래서 같은 프레임 안에 서게 됐다면. 그런 만남은 쉬운 일이 아니다.

흘러가는 프레임 속에서 두 사람이
삶의 어느 한순간에 만났다면,
그래서 같은 프레임 안에 서게 됐다면.

그런 만남은 쉬운 일이 아니다.

고민이 엉킨 자리에 남은 잉크

- 노란 머리 여자와 남색 옷의 아저씨

평소 잦은 고민에 시달렸고, 소화불량은 친구처럼 늘 옆에 존재했다. 고민에는 깊이가 없었다. 얕은 고민과 옅은 색을 띤 무의미한 고민. 고민은 꼬리에 꼬리를 물었고, 엉킨 실타래처럼 확실한 해답을 보여주지 않았다.

영국 국기가 그려진 작은 메모장을 들고 다니면서, 고민이 있을 때마다 혹은 쓰고 싶은 말이 있을 때마다 간단한 문장들을 적었다.

다시 돌아보는 일은 많지 않았지만, 삶을 기록하던 첫걸음이 있었다.

시간이 지나 이전에 적었던 글들을 다시 읽어보던 날, 글 속에서 그날의 기억을 선명하게 체감할 수 있었다. 그날의 내가 했던 고민. 가벼웠던 그 고민을 아직도 이어오고 있나. 해결된 고민이 대부분이었지만, 고민이 참 많다는 것을 새삼스럽게 깨달았다. 고민을 덜 수는 없다는 걸 알기에 무한히 이어질 고민의 굴레와 그 실타래가 더 이상 엉키지 않기만을 바랐다.

하루는 버스에 앉아 창문에 머리를 기댄 채 퇴근하던 길이었다. 집 앞으로 지하철이 새로 생긴다는 말과 함께 공사가 시작되었고, 수개월 동안 이어지던 그 공사는 앞으로도 수년이 남았다고 했다.

공사 탓에 버스는 속도를 내지 못했다. 회사에서 집까지 가는 길에 유일하게 있던 역사에서 퇴근하는 사람들이 빽빽하게 들어섰다. 갑작스럽게 복잡해진 버스에 사람들은 자리를 비집고 들어섰고, 문이 닫혔다 열리기를 반복했다. 몸을 비집는 사람들과 공사 차량을 피하려고 끼어들던 택시, 무단횡단을 하던 사람들, 버스 기사의 외침.

다음 버스를 타라던 버스 기사와 다음 버스는 늦는다면서 무리하게 들어오딘 사람들. 끼어든 택시는 나갈 생각을 하지 않았고, 그사이 무단횡단을 하는 사람이 늘었다.

   각자의 색이 짙었다. 그 색이 조화를 이루지 못하고 섞였다. 나도 그 색 중 하나일까. 비집고 타는 사람들 앞에서 귀에 이어폰을 낀 채로 한가하게 노래를 듣고 있노라면, 퇴근길의 사투를 벌이는 어떤 이에게 나는 한가한 사람으로 보였을까.

   이어폰에서 흘러나오는 노래를 들으며 가볍게 흥얼거리던 입. 공허했던 동태 눈은 창밖의 짙은 노을을 보고 있었다. 저녁 약속에 늦을까 고민하는 것 같았던 노란 머리의 여자와 빽빽한 버스 안이 더워서 내려야 하나 고민하는 것 같았던 남색 옷의 아저씨. 꼬르륵거리던 내 배는 또 무엇이 고민이라고 성을 냈던 걸까. 저기 두 사람의 가벼워 보이던 고민을 평가하면서 내 고민에 무게를 잡고는, 이것이

스물-스물아홉, 무한한 마음의 이름들

과연 필요한 고민일까 반문했다.

청춘, 고뇌, 사랑이나 이별 같은 젊은 날의 고민이 교차해 연결고리를 만들고 두꺼운 실타래가 되어 영국 국기 메모장을 가득 채웠던 날들. 그 감정들을 적다 보면 실타래가 풀리는 기분이었다. 어느새 감정을 정리하는 하나의 통로가 되어 종이에 묻은 잉크의 조각들은 하나의 흐름이 되었다.

지나간 일을 되새기는 것은 고통을 동반했으나, 그것을 하나의 흐름으로 바라보니 현재의 나를 단단하게 해주는 양분이 되었다. 모든 고민에 정답을 내릴 순 없다. 때론 정답이 없는 고민도 있으니까. 어쩌면 고민의 크기와 상관없이 무언가를 깊이 생각한다는 것, 그 자체만으로도 가치 있는 건지도 모르겠다.

우리를 성상시키는 또 다른 형태의 질문이사, 삶

의 흐름 속에서 방향을 알려주는 신호. 메모장의 검은 잉크가 만들어낸 실타래로 한 벌의 포근한 스웨터를 만들어내는 날까지.

이름 모를 들꽃이기를

- 너는 그렇게 너로 존재하기를

너와 나는 아무 연고 없던 사이. 우리가 이대로 지나친다면 영원히 만나지 못할지도 몰라. 그럼에도 우리가 만나서 내가 너의 이름을 알게 됐다는 것은 그 자체로 가치 있는 것이라서. 이름 모를 들꽃의 이름을 알게 된 순간처럼, 너는 이제 내게 특별한 사람이 되었어.

그래도 가끔은 네 이름조차 몰랐던 시간으로 돌아가고 싶어. 우리가 마주친 것은 기적이나, 우리가 마주치지 않았다면 있는 그대로 행복하지 않았을까.

내게로 와 비로소 존재하게 된 네가 내 세상을 너만의 색으로 물들였을 때, 이질적인 그 색에 어지러워진 건 내 세상만이 아니었으니.

모든 관계가 그렇지 않겠어? 만남에 이어 그 사람의 색깔을 내게 온전히 받아들이는 건 어려운 것이라서. 관계에는 언제나 마찰이나 오해와 같은 불협화음이 존재할 수밖에 없어.

그래서 가끔은 너의 이름을 몰랐던 시간으로 돌아가고 싶어. 너의 이름을 몰랐다면 네 행동 하나에 의미를 부여하는 일도 없었겠지. 너는 그저 지나가는 사람에 불과했을 테니. 나를 보며 웃어주지도 않았겠지만, 나를 보면서 울지도, 화를 내지도 않았을 거야.

너의 존재를 부정하고 싶은 건 아니야. 하지만, 우리가 서로를 알지 못했을 때, 실은 그때 우리가 가장 행복했던 것 같다고 생각한 거지.

우리가 처음 만난 날, 네가 내게 내민 손과 그 손을 맞잡았던 나. 이제 우리 사이에 그 투명한 눈빛과 웃음을 볼 수 없어. 시간이 흘러 쌓이고 쌓인 기억과 흔적들이 우리 안을 가득 채우기 시작하면서 맞잡았던 손이 무색해진 거야. 우리 사이에는 여러 벽이 쌓였으니까.

완벽한 관계라는 건 없는 건지도 몰라. 그 관계가 어떤 모양을 갖추고 있는지 모르겠지만. 어떤 관계든 모두 시작이 가장 아름다웠으니.

그러니 차라리 너의 이름을 몰랐던 시간으로 돌아간다면. 모든 것을 되돌릴 수 있다면. 우리가 나눴던 대화와 웃음과 행복했던 순간의 기억이 사라져도 좋으니. 네가 나를 모른 척하고 지나가도 좋으니. 너는 그저 이름 모를 들꽃이기를. 너는 그렇게 너로 존재하기를.

다시 맑아지려는 마음

- 순수함이 사라진 자리에 피어난 온기

맑았다가 어두워지는 변덕스러운 날씨가 있지. 나는 그런 아이였어. 맑은 영혼을 가진 아이. 선생님께서 내 이름을 부르면, 아이들은 좋은 일일 거라고 예상했어. 물론, 교과우수상보다는 모범상이 익숙했지만.

삶이 마치 지우개 같다고 생각했던 어느 날이었어. 새하얀 지우개의 비닐 포장을 벗기고, 잘못 적었던 글자를 강하게 문질렀지. 하얗던 지우개는 곧 회색으로 아니, 조금 더 검게 변했어. 눈처럼 순결하고 아무것도 묻지 않았던 표면이 손길이 닿으면서 점점 물들어 갔어.

지우개는 그 흔적만 남긴 채 작아지고 또 작아졌지. 난 가루를 남기면서 작아지던 그 지우개를 닮고 싶었어. 지우고 싶은 것을 지울 때, 그 어두운 마음에 강하게 뛰어들었을 때, 상처받은 마음을 모두

뱉어낼 수 있다면. 가루를 남기지 않던 지우개는 마음속 어딘가에 그날의 고통을 삭이고 있을지도 모르기 때문에. 뱉어야 할 것을 뱉을 줄 알고, 그럼에도 삼켜야 할 것을 삼킬 줄 아는 사람이 성숙에 가깝다고 생각했던 거야.

우리의 마음도 처음에는 맑았어. 누군가의 말 한마디에 쉽게 웃었고, 작은 친절에도 세상을 다 가진 것처럼 고마웠지. 작디작은 꿈마저 온 마음으로 믿었으니. 시간이 흐르고, 사람을 만나고, 상처를 받고, 성공과는 거리가 멀었던 결과 앞에서 기대했던 마음이 꺾이면서 맑았던 마음은 조금씩 흐려졌지. 순수함이 상실된 마음에서 더 이상 예전처럼 누군가를 믿지 못하고, 기대지 못하며, 어떤 일에도 쉽게 감탄하거나 감사하지 못하게 될 때, 우리는 세상이 변했다고 말했지.

어두워진 것은 세상일까. 나일까. 세상이 각박해졌어. 마음 놓고 이웃에게 아이를 맡기던 시절은 지났고, 옆집의 작은 친절에도 경계하는 시대가 온 거야. 그 마음이 안타까워 다시 하얗게 칠해보아도, 처음처럼 깨끗해질 수 없겠지. 회색빛 세상, 예전처럼 돌아갈 수 없다는 사실이 너무 뚜렷하기에, 우리는 더욱 절망할지도 몰라.

그럼에도, 그 덧칠이 헛된 노력이 아님을 알아주기를. 하얀 벽이 시간이 흘러 얼룩지고, 회색으로 물들더라도. 다시 덧칠하려는 따듯한 마음이 있다면. 고르고 조심스러우며 따듯한 색감이 더해지는 그 손길에는 떨리는 마음이 있어. 되돌아가려는 마음보다는 순수하게 나아가고자 하는 의식으로, 잃어버린 무언가를 찾고자 하는 본능적인 움직임으로 받아들일 수 있다면. 다시 맑아지기 위한 분투

속 지치고 고단한 마음에 지난 상처가 떠올라 멈추고 싶기도 하겠지만. 우리는 다시 붓을 들고 손을 뻗을 거야. 비록 그 덧칠이 다른 색을 만들어낼지라도.

상처받지 않기 위해 자신을 단단하게 만드는 것. 그럼에도 순수함을 잃지 않기 위해 노력하는 것. 상처받아도 따듯함을 포기하지 않는 것. 순수했던 그 시절의 눈부셨던 순수함은 아니더라도, 스스로 만들어낸 따뜻한 온기로 자신을 지켜낼 수 있다면.

그 시절의 웃음과 지금의 웃음이 달라졌다는 걸 알지만. 그래도 괜찮아.

어두워졌다고 해서, 그 빛이 완전히 꺼진 것은 아니니까. 어두워져야 비로소 빛나는 것이 있고, 어둠 속에서 그 가치를 알게 되는 것이 있지. 불완전한 마음으로도 언제나 맑아지려고 애쓰는 우리는, 상처 가득한 마음으로도 누군가를 사랑할 수 있음을 알고, 지친 마음으로도 다시 시작할 수 있음을 알아.

그렇게 우리는 여전히 살아가는 거야. 완전히 하얀 것은 없더라도. 그 자체로 충분히 아름다운 사람으로.

그렇게 우리는 여전히 살아가는 거야.
완전히 하얀 것은 없더라도
그 자체로 충분히 아름다운 사람으로.

푸른 봄

- 밤이 깊도록 눈을 맑아지고

잠들지 못하는 어린 청춘은 자신의 아름다움을 모르고 있나 보다. 당연한 사랑은 어느새 가벼워졌고, 얻지 못할 사랑이 비로소 가장 귀한 열매가 되었다.

세상은 빠르게 변하지만, 청춘의 속도는 그 변화를 따라가기에는 벅찼다. 푸른 우리는 순수하고 가벼우며, 철없다가도 뜨거웠다. 불완전한 청춘은 세상 앞에서 흔들리고 넘어졌다. 흙 묻은 무릎을 털고 숨을 고르고 있노라면 거센 바람이 불어 발걸음을 재촉했다. 불완전한 언어로 가득 채웠던 삶이 한 편의 고백이 되어 젊은 날을 채웠다.

나는 알고 있다. 우리가 사회에 갓 나왔을 때, 어떤 감정이었는지. 번듯한 척을 해야 했고, 겁 따위는 어린이의 전유물인 척해야 했다.

우리는, 푸른 봄이다. 무서울 거 없이 달려야 하지만 부서지며 달릴 필요는 없다. 새로움 앞에서 많은 것을 견디고 인내해야 하지만, 모든 것을 참고 감당할 필요는 없다. 모든 과정은 아픔을 동반할 테지만, 그 아픔에 깊게 베이지 않았으면 한다.

우리는, 푸른 봄이다. 청춘은 그렇다. 이제 곧 만개할 우리의 봄은 그저 그렇게 존재하면 된다. 편하게 눈을 감고, 내일을 기대할 수 있다. 푸른 봄을 닮은 우리는 그렇게 무르익어간다.

스물-스물아홉, 무한한 마음의 이름들

평범했던 이별 이야기

- 마지막에 비로소 보인 것

우리는 별다를 것 없이 평범하게 마주했고, 별다를 것 없이 평범한 이별을 말했다. 그날 평범하게 맞잡았던 손은, 다시 잡을 수 없는 환상이 되었다. 영화처럼 환상적인 작별의 순간은 없었다. 평소처럼 인사를 하고, 평소처럼 각자의 길로 향했던 날. 아무도 모르게 우리의 마지막이 지나갔다. 마지막이 지나고서야 그날이 마지막이라는 걸 알게 되었고, 그제야 허무함과 아쉬움이 밀려왔다.

퇴근길에 받았던 어색한 연락. 그때부터 우리의 대화에 어둡고도 명확한 색이 입혀지기 시작했고, 어느덧 예정된 결말에 다다랐던 날.

가을비가 추적이던 아스팔트 위에서 빗줄기는 연신 자동차의 지붕을 때렸다. 슬픈 발라드를 듣다가도, 이러면 안 되지 싶어 신나는 팝송을 들었다. 그 마지막 순간이 언제였는지 생각하면서 평범하게 다음 만남을 약속했던 너와 나의 말풍선을 상상했다. 그 말풍선이 현실이 되었다면, 우리가 다시 마주했을 그 공간을 그렸다. 그 공간에 우리 둘의 모습을 상상하면서.

언제가 마지막인지 말해줄 수 있었다면. 그래서 지금 순간을 조금 더 소중하게 볼 수 있었다면. 나는 그 작은 손을 조금 더 세게 붙잡았을 텐데. 그 작은 몸을 조금 더 세게 안아줬을 텐데. 그 순간이 마지막임을 알고 나서야 그 사람을 조금 더 순수한 눈으로 바라본다. 이제 다시는 볼 수 없다고 생각하니까, 이제는 정말 끝이라고 생각하니까. 그제야 그 사람의 웃음이 얼마나 따뜻했는지, 그 눈빛이 얼마나 나를 이해하려 했는지, 그 작은 배려들이 얼마나 나를 지탱했는지를 깨닫는다.

그 사람과 마주한 시간이 마지막임을 알고 있다면 그럼에도 나는 목구멍까지 차오른 그 말을 내일로 미룰 수 있을까.

별다를 것 없이 평범했던 어떤 날.

찰나의 감정에 마음이 세차게 흔들린다.

나이테

- 말하지 못한 슬픔에 무너지지 않도록

항상 웃고 있던 그 사람. 나는 그 사람이 좋았지. 항상 밝았고, 좋은 말만 해줬으며, 화를 내는 모습은 본 적이 없었거든. 어쩌면 그 사람은 화를 낼 줄 모르는 사람 같기도 했고, 모든 것을 받아줄 수 있는 사람 같기도 했어.

그 사람과 이야기할 때면, 기분이 좋아졌어. 내가 듣고 싶은 말만 해주는 사람이었으니까. 거친 세상을 살아가면서 그런 위로는 중요하다고 생각했거든. 그 사람은 그렇게 순수하고도 화려하면서 어딘가 고급스러운 이미지를 풍기는 사람이라고 생각하고 있었지. 그 사람이 무너지는 것을 보기 전까지는 말이야. 그 사람은 마치 두꺼운 나무 같았어. 절대 무너지지 않을 나무. 국가에서 보호하는 오래된 보호수처럼 그 사람은 무너지지 않을 것만 같았는데.

그 사람이 강한 바람에 이기지 못하고 무너지던 날. 두텁던 그 기둥이 단숨에 잘려 나간 날, 마치 구경거리라도 된 것처럼 너도나도 그 밑동을 보러 모여들었지. 빼곡한 나이테의 동심원은 가득했지만, 그 안에는 많은 상처가 있었어. 그 사람의 진실 된 마음을 마주했던 날. 그 사람의 가치보다는 상처를 먼저 보게 된 거야.

우리는 나무를 함부로 베지 않잖아. 도시의 가로수는 매년 주기적으로 가지치기를 받으면서 제 모습을 유지하지. 그 덕분에 나무는 계절마다 잎을 떨구고 다시 피어나지. 밑동만 남은 나무를 본 적은 없는 것 같은데. 여기 내가 아는 가장 밝았던 사람의 밑동이 덩그러니 드러났어. 그 상처 많은 밑동. 어째서 그랬을까. 나무는 쉽게 베지 말아야 한다고 말하는 사람들이 다른 사람에게는 쉽게 상처를 주잖아.

그 사람이 상처 난 이유가 무엇일까. 내가 그렇게 생각했던 것처럼, 다른 사람들도 그 사람은 모든 것을 이해하리라고 생각했나 봐. 항상 웃고 있던 그 사람. 그래, 말수가 적다고 해서 별일 없이 살아온 것은 아니지. 늘 웃는다고 해서 고통이 없는 것도 아니야. 겉으로 판단한 그 사람의 모습이 깊은 내면을 대변하지 않는다는 것을 알았을 때, 이미 그 사람은 쓰러진 뒤였어.

한 사람에 대해 자세히 알고 싶다면, 그 사람이 무너졌을 때를 보아야 한다는 말이 있지. 고난과 역경 속에서 힘든 시기를 지나며 드러나는 말과 행동들. 그 속을 보면 그 사람의 삶과 가치관이 더 명확해진다는 거야.

하지만, 누구에게나 감추고 싶은 과거가 있고, 잊고 싶은 추억이 있지.

그러니 서둘러 파헤쳐서는 안 돼. 나무의 생장을 이해하기 위해 조심스럽고 신중하게 접근하는 것처럼, 사람에게도 그렇게 다가가야 해. 쓰러지기 전에 관심을 기울여야 해. 그 사람의 내면을 완전히 알 수 없다는 걸 알고, 그 사람이 말하지 않는 상처가 있다는 걸 알아야 해. 그 상처를 감싸줄 마음이 함께할 때, 차가운 겨울 언덕 위에 홀로 선 나무도 푸른 잎으로 가득할 테니.

<u>누구에게나 감추고 싶은 과거가 있고,</u>

<u>잊고 싶은 추억이 있지.</u>

외사랑

- 네가 내 사랑을 모른 척했던 이유

조금 어렸을 때, 그러니까 만남이 쉬웠던 시절이 요새 부쩍 그립다. 학교나 학원에서 쉽게 누군가를 만나고, 좋아했던 짝사랑의 이야기를 소박하게 나누던 시절. 생생한 그날의 페이지는 여전히 그곳에 남았다. 지금도 청춘이면서 지난 청춘을 그리워하고 있다. 그때가 조금 더 좋았다고 생각하면서.

생각과 몸은 깊어졌고 자랐으나, 사랑이라는 감정 앞에서는 한없이 어려지는 것 같아서. 난 여전히 흔들리고 있었다. 외사랑이라는 것을 몰랐는데, 최근에 짝사랑보다 아픈 것 같은 감정을 경험하면서 알게 됐다. 내 아픔이 어떻게 전달된 건지 알고리즘은 내게 친절히도 외사랑을 설명했다.

나의 감정을 알면서도 모른 척하는 너. 그런 너를 향한 여전한 사랑. 내 생각과 몸이 자랐듯 내가 좋아했던 당신도 그랬으며, 내가 눈치가 빨라졌듯 당신도 그랬기에. 사랑을 담은 나의 표현을 네가 모를 리 없다고 생각했다. 차라리 네가 내 사랑을 몰랐다면, 그래서 이 감정이 나 혼자만 알고 있던 감정이었다면 아프지 않았겠다.

하지만, 너는 내 감정을 누구보다 잘 알고 있기에, 그런 네가 미웠다.

그럼에도 이제 너를 이해할 수 있다. 그 아픔을 감내할 수 있다.

네가 내 감정을 모른 척하는 것도 이유가 있을 것이며, 그럼에도 웃어주는 것도 이유가 있을 것이다. 슬기로운 건지, 좋은 모습만 보이고 싶은 건지. 사회생활 속에서 놓치지 말아야 할 것과 놓아야 할 것을 점점 더 잘 알게 되는 우리이기 때문에.

사랑을 위한 이해와 공감이 점차 어려워지고 있

음을 아는 우리에게는 짝사랑도 외사랑도 어렵다.

진정한 어른

- 가끔은 어른의 두터운 손을 붙잡고 싶다

난 어릴 적 담배 냄새나던 어른들이 싫었어. 하얀 셔츠를 입고 한 손에 커피를 들고는 꿈을 묻던 진부한 어른들. 회색 도시를 더 짙은 회색으로 채우던 그들의 삶을 닮고 싶지 않다고 생각했지. 꿈을 묻던 그들의 질문에 답은 정해져 있는 것만 같았고, 때로는 비웃음이 섞여 있다고 생각했어. 네가 뭘 알겠느냐는 조롱이나, 네가 할 수 있겠냐는 비아냥 같은 것들.

어른들은 그랬지. 아이의 꿈이 공무원이나 과학자면 좋아했고, 축구선수나 소설가면 싫어했어. 그 길을 네가 갈 수 있겠냐는 질문에 아이는 답할 수 없었지. 어쩌면 어른들은 명확한 것을 좋아했는지도 몰라. 숫자를 좋아하는 어른들이 정확한 계산을 좋아하는 것처럼. 그 따분한 언어에 우리의 가능성은 측정할 수 있는 수치처럼 보였지. 그 가능성을 재고서 털털한 웃음으로 머리를 쓰다듬던 두터운 손이 내 가능성을 가둔다고 생각했어.

그래서 그 조언이 달갑지 않게 느껴졌지.

당신의 자동차는 언제나 회색 아니면 검은색이었어. 도시가 회색으로 보인 건 모두 당신 때문이었을 거야. 눈에 띄기를 싫어했던 어른의 심리가 세상을 더 짙은 회색으로 만든다고 생각했지.

그런데, 내가 어른이 되어보니 알겠더라고. 꿈을 물었던 것이 그들의 사소한 관심이었다는 것을. 그들은 그 질문에 큰 의미를 부여하지 않았던 거야. 그들은 그저 아이에게 꿈이 있기를 바랐던 거야. 자신보다 콧대가 높아질까 봐 두려웠던 것이 아니라, 세상으로 나아갈 아이를 향한 의례적인 인사이자 격려였던 거지.

이제 나도 그 시절 커피를 든 그들을 닮아가는 걸까? 우습게도 내 자동차도 검은색이야. 그 색이 가장 무난하다고 생각했어. 튀지 않기를 바란 것은 아니었고, 오래갈 수 있는 색이라고 생각했던 거야.

가끔은 그때 그 두터운 손을 가진 어른에게 앞으로의 길을 묻고 싶기도 해. 어디로 가야 하는지 말이야. 생각보다 세상은 어려웠고, 그들처럼 여유 있게 커피를 마시는 것도 쉬운 일이 아니었어. 사소한 이야기를 할 수 있었던 그 어른들의 마음속에도 분명 꺼낼 수 없는 아픔이 있었을 거야.

어른들은 진부하지만, 나쁜 사람은 아니야. 그들은 그저 자신들이 겪었던 어려움을 다른 사람들이 똑같이 겪지 않기를 바랐던 거지. 진정한 어른은 그렇게 대단한 사람도 아니었고, 그렇게 복잡한 사람도 아니었어. 그저 자신이 아는 것을 바탕으로 누군가 더 나은 삶을 살 수 있도록 노력한다면 그것만으로도 진정한 어른이라 할 수 있는 거지.

사람 사이 사랑

- 사람이 사람을 사랑할 때

너는 참 아름다운 사람이었어. 너를 본 순간, 네 뒤로 후광이 비쳤어. 마치 네가 어린 중생을 구하기 위해 어지러운 세상에 내려온 것 같았지. 그날 머릿속에서 울렸던 성스러운 종소리를 기억해. 난 그때부터 너를 차곡차곡 마음에 담았어. 나 자신을 그렇게 사랑했다면 어땠을까 싶을 정도로. 가장 어려운 사랑일지도 모르는 사랑을 시도하고 있었지.

내가 좋아하는 사람이 나를 좋아하는 것이 얼마나 어려운지 너무나도 잘 알고 있었기에, 그 짝사랑조차도 하나의 설렘이 될 수 있다는 것을 알고 있어서. 친구들과 토론하고, 노래 가사에 감정을 이입하며 때로는 신을 찾기도 했지. 그렇게 짝사랑을 끝내기 위한 질문을 던질 때면, 감정의 요동은 하늘을 뚫을 것만 같았어.

가끔은 짝사랑이 주는 야릇한 설렘을 오래 붙잡

고 싶은 마음에 사랑을 시작하지 못한 채 주위만 맴돌기도 했지. 너의 마음을 알고 싶었고, 마음을 얻고 싶었으며, 더 나아가 네가 나에게 머물러주기를 바랐지. 그러나, 사람 사이 사랑이 언제나 행복한 것은 아니잖아. 언제부터였는지는 정확하게 기억나진 않지만 더 이상 희생하면서, 감정 소모에 휘둘리고 싶지 않았어.

만남에 대한 거부감은 없지만, 마음을 다해 노력할 의지를 잃어버렸어. 외롭지만, 상처받을 수 있는 도전은 피하고 싶었지. 사람 사이 사랑이 어려운 이유는 우리는 모두 복잡하기 때문이야. 길가에 핀 꽃을 사랑하는 것과 우리가 서로 사랑하는 건 전혀 다르니까.

그럼에도 사랑하는 사람아, 한철 젊음이 지나갈 때쯤, 그 사랑의 가치를 알게 해줘서 고마워. 지금

도 가끔 그 마음을 꺼내어 보곤 해. 그 정도로도 그

사랑은 충분하다고 생각해.

그럼에도 사랑하는 사람아,

한철 젊음이 지나갈 때쯤,

그 사랑의 가치를 알게 해줘서 고마워.

지금도 가끔 그 마음을 꺼내어 보곤 해.

플래시 - 펑

- 사랑에 빠지면, 세상에 빛이 가득

눈웃음에 찡긋거리던 미간의 적당한 넓이와 주름에, 밝지도 어둡지도 않은 그 살구색 위에 시선을 빼앗겼다. 특유의 말똥거림과 맑은 혼이 담긴 두 눈은 윤슬처럼, 때론 얼음 속 공기 방울처럼.

수없이 변하던 이상형이 너로 인해 다시 변하고 새로이 자리 잡을 때, 묘한 기분에 양심에 찔린다.

찰나에 지나간 사람들이 스치고 유일한 너를 마주했을 때, 너는 그 속에 우뚝 서 있었다.

왜 이렇게도 만나기 힘들었을까. 새끼손가락에 붉은 실이 얽힌 것처럼 연신 허공을 당긴다.

그렇게 당기고 당겨서 네가 온 줄 알았다. 그 뒤로 너와 헤어지고 만날 때면, 새끼손가락을 펴서 다시 허공을 당기고 또 당겼다.

그렇게 네가 다가오면 비로소 빛나는 세상. 그 세상을 가득 채운 카메라 플래시.

승리 후 인터뷰에 쏟아지는 플래시처럼 빛나는

내 눈동자. 그건 나와 마주친 네 두 눈에 담긴 빛.

그대에게로 가는 직선거리

- 가장 먼 길을 돌아 가장 빨리 만났다

길이 한없이 멀었다. 돌고 돌아 너를 만났으나, 그 만남에 의문을 품기까지 그리 오래 걸리지 않았다. 녹아든다는 표현이 사람 사이에 옳은지 모르겠으나, 비로소 서로 녹아들어 섞일 때 나는 가장 아름답다고 생각했다.

하지만 네가 내게로 와 섞일 때, 생각했다. 너의 모습을 잃어버린다면, 그래도 그 사랑이 아름다울까. 그 사랑을 유지해도 괜찮은 걸까. 애지욕기생이라는 말이 있다. 사랑한다는 것은 그 사람이 잘 살기를 바라는 마음이라서. 너의 모습을 잃은 채로 나에게 녹아들기를 바라는 건 사랑이 아님을 알았다.

첫눈에 반한다는 마음보다는 오래 알아보고 만날 수 있다는 마음으로. 시인 루미가 말한 것처럼 많은 길을 돌아서 그대에게로 갔지만, 그것이 그대에게로 가는 직선거리라면. 기다림에 이은 또 다른 기다림이 있더라도 그 무한한 시간을 버틸 수 있을 텐데.

그럼에도, 많은 사람을 만나야 나를 알 수 있고, 훗날 안정적인 만남을 이어갈 수 있다는 사람들의 말이 맞다면 첫눈에 마음이 끌리는 사람에게도 마음을 전해야 하는 걸까.

그렇게 이어간 사랑도 진정한 사랑이라고 할 수 있을까.

사랑은 어지러운 매듭으로 얽혔을 때 아름다운가. 아니면 한순간에 풀릴 수 있는 매듭이어야 하는가.

어느 날 친구가 말했다.

"나는 진심으로 좋아하는 사람 아니면 안 만나. 괜히 힘 쏟기 싫거든."

그는 연애와 사랑에 대한 본인만의 가치관이 있는 사람이었다. 확실한 마음이 있는 만남이야말로 가장 확실한 사랑이라는 것. 맞춰가는 사랑보다는 처음부터 자신과 꼭 맞는 사람과 만나고 싶다는 그의 말에 나는 동의할 수 없었다.

사랑이란 서로 다른 모양의 조각이 다소 빈틈을 남기더라도 그 빈틈을 빈틈으로 인정하는 것 아닐까. 그렇게 하나의 그림이 되어도 미완성이 아닌 것. 자연스러운 모습으로 남는 것.

나의 아름다움을 가장 잘 알아주는 사람, 있는 그대로의 모습을 사랑으로 이해하는 것.

그렇다면 지금 이 길이 외롭더라도 결국 진정한 만남을 위한 가장 먼 길이자, 어쩌면 가장 가까운 직선거리일 것이다.

사랑이란 서로 다른 모양의 조각이

다소 빈틈을 남기더라도

그 빈틈을 빈틈으로 인정하는 것 아닐까.

그렇게 하나의 그림이 되어도 미완성이 아닌 것.

자연스러운 모습으로 남는 것.

나만의 세상

- 내가 우주의 먼지일지라도

스쳐 간다. 난 아직 가만히 있는데, 많은 것들이 내 옆을 지나 더 넓은 곳으로 나아간다. 녹은 땅을 한 삽 퍼내 씨앗을 뿌리는 이들 옆에서 나는 손에 씨앗을 꼭 쥐고는 언 땅에 발을 굴렸다. 아직 내게 봄은 오지 않았다.

내가 주인공이라고 생각했던 세상이 저물고, 내 존재가 지구의 명암을 달리할 것이라는 생각이 사라지던 날. 사막 위 바늘 같은 것이 나와 같은 존재라서, 귀하지만 찾을 수 없는 것이라서. 그럼에도 태양의 빛을 받아내 빛나는 바늘이 되는 사람들이 있어 그들의 반짝거림 옆에서 배가 아파도 박수를 보내야 했던 날들.

비교가 흔해져 상대방을 깎아내 내 만족을 채우던 날과 나를 깎아내 상대방을 채워주던 날들이 더 이상 반복되지 않기를 바라지만. 비어 있는 내 공간을 채우기 위한 비겁한 눈 흘김은 정제되지 못한 지식인의 행동이었다.

나은 사람이 되겠다던 욕심이 준비되지 못한 사람에게 적용되었을 때, 그 목표를 위해 포기해 버린 것이 많았다. 적게는 자존심부터 많게는 일상까지. 나은 사람의 기준이 무엇인지 몰랐던 사람의 최후는 그렇게 차갑게 식은 인간미로 보잘것없는 빈 껍데기만 남았다.

허무함 속에서 고개를 들었을 때 반짝이는 별 하나가 나뭇가지 사이로 빛나고 있었다. 빈 껍데기가 바라본 우주. 우주는 너무 광활했다. 비록 우주에 비하면 나는 한없이 작고 볼품없지만 내 머릿속에 펼쳐지는 생각은 다르다. 우주만큼 광활한, 아니, 때론 우주보다 넓은 그 공간에서 생각을 지우고 채우기를 반복하고 있다.

누군가는 말한다. 실수를 하더라도 그 순간에 너무 연연하지 말라고. 세상은 빠르게 변하고 기억은 바람처럼 스친다고. 어쩌면 아무도 내 실수를 기억하지 못할 거라고. 그럼에도 나는 아무렇지 않게 모든 것을 털어낼 수 없었다.

내게 내 삶은 하나의 우주이기에. 내일로 가는 길목에서 그 우주는 점점 확장하고, 어제를 기억할 때 더 단단해진다. 이 세상에 각자 자기만의 우주가 수없이 많이 펼쳐져 있대도, 그래서 내 우주가 먼지만큼 작고 미미할지라도 나는 나의 주체성을 오롯이 지키며 살아가려 한다.

무언가에 지나치게 연연하지는 않겠다만, 이곳에서 만나는 하루 하나하나를 소중히 여기겠다. 그것이 내 우주를 단단하게 할 테니. 어쩌면 훗날 누군가 그런 내 우주를 바라보면서 광활함에 감탄할지도 모를 일이니. 나는 오늘도 당당히 나만의 우주

스물-스물아홉, 무한한 마음의 이름들

를 채우며 살아가겠다.

비워진 자리에도 숨이 남는다

- 내일을 받아들이는 방법

공백이 지속되면서 어느새 여백에 가까워졌다. 마치 당연한 것처럼. 그곳은 비워야 자연스러워졌다.

오랜 바람을 똑같이 빌면서 어떤 소망이 이뤄지길 바라던 날들이 있었다. 영적인 힘이 필요한 것은 아니었고, 불가능한 도전도 아니었으며, 부끄러운 고백도 아니었다.

그저 현실의 허기진 어딘가를 채우지 못하고 있다는 공복 때문이었다. 거대할 미래를 위해 시시한 현실을 무시하기에는 하루가 내게 주는 영향은 지대했다.

보이지 않는 먼 미래도 미래지만, 오늘 밤이 지나면 맞이하게 될 내일도 미래이기에. 내일조차 확신할 수 없는 삶 속에서 보이지 않는 어느 영역을 위한 무조건적 희생은 비싼 거래였고, 희생이라는 단어조차도 사치였다.

보이지 않는 먼 미래도 미래지만,

오늘 밤이 지나면 맞이하게 될 내일도 미래이기에.

도전을 향한 의지

- 나는 진정 내 삶을 살고 있는가

지하철이 한강 위를 달린다. 당산역을 지나 합정역으로, 당산철교를 달리는 지하철 손잡이가 흔들린다. 난 어릴 때부터 한강을 동경했다. 한강을 건널 때면 다른 생각을 하다가도 창문 너머로 보이는 풍경을 가만히 응시했다.

한강은 나에게 성공의 상징이었고, 십 대의 완성이었다. 강요는 없었고, 눈치를 본 적도 없었다. 처음에는 멋들어진 도시의 풍경에 빠졌다가, 이후엔 그 도시가 주는 생동감에 동경심을 품기 시작했다. 그 도시를 걷는 사람들의 모습이 아름답게 보이기 시작했고, 나도 그 찰나의 사진 속 한 장면 속에서 함께 걷고 싶었다.

한강을 넘는 것이 좀처럼 쉬운 일이 아니라는 걸 알았을 때, 스무 살이 된 누나가 두 해 먼저 한강을 건넜다. 누나는 정석적인 사람이었다. 해야 할 일

스물-스물아홉, 무한한 마음의 이름들

을 제때 해내는 사람. 늦어지는 법도, 포기하는 법도 없는 사람이었다. 저런 사람이 되어야 한강을 넘을 수 있는 건가. 나는 지금 얼마나 노력하고, 도전하고 있었던가.

고등학교 야간자율학습이 끝나고 귀가하던 날. 인조 잔디로 된 운동장을 가로질러 걷다가 파란 외벽에 하얀 페인트로 칠해져 있던 문장을 읽었다.

Boys Be Ambitious.

야망을 품으라는 말에 괜히 울렁이던 가슴. 도전을 포기하지 않는다면 성공할 수 있을 거라는 믿음. 집으로 가는 버스에 몸을 싣고 이어폰으로 노래를 들었다. 노래 가사와 함께 스치던 가로등의 불빛은 나를 향한 스포트라이트처럼 도전을 향한 의지에 더 뜨거운 불을 지폈다. 그해 나는 열여덟. 한 번의 큰 도전을 앞두고 야망을 가슴 속에 되새겼다. 훗날 한강을 넘는 모습을 그렸다.

그러나 이내 마음속에 다른 감정이 밀려왔다. 불
안이었다. 이 도전에 실패하면 어쩌지. 또 한 번의
도전이 필요하다면, 그때도 나는 지금과 같은 열정
으로 임할 수 있을까.

어쩌면, 한강을 넘겠다는 의지와 야망은 빛바랜
선언문이 아니었을까. 고리타분한 성공담처럼 그
저 성공을 증명할 하나의 결과가 필요했던 것이라
면. 나는 정말로 한강을 넘어야 하는 것일까.

목적 없이 그저 흐름에 휩쓸려 사는 것이 인생
이라면. 그 삶은 가치 있는 삶이라고 말할 수 있을
까. 짧은 삶을 살면서도 모든 것을 흐름에 맞춰 살
고자 한다면. 나는 진정 내 삶을 살고 있다고 말할
수 있을까.

의지에 의문을 제시하던 것들이 급류처럼 휩쓸

리던 밤. 그 급류에 허우적거리던 나는 그곳이 얕은 계곡이었는지 아니면 대양의 한복판이었는지 알 수 없었다.

아름다운 착각

- 착각 속에서 유영했다

도전은 나를 더 가치 있는 사람이 되도록 만들었다.

삶의 작은 발걸음이 모여 큰길을 만들었고, 큰 길이 모여 세상을 이루었다.

도전은 어려웠고 결과는 불확실했다. 그럼에도 불확실에 도전한다는 것 그 자체로도 밝게 빛났다.

해보지 않으면 모른다는 말이 진실임은 해보고 나서야 알 수 있으며,

나를 사랑하고 나서야 나를 사랑해 주는 사람을 알 수 있다.

우린 도전을 통해 나를 알아가고, 나만의 세상을 가꾼다.

내가 가꾼 것이 나만의 작은 세상일지라도, 그 작은 세상과 온전히 하나가 되는 순간.

온 세상을 다 바꿀 수 있을 것 같은 아름다운 착

각에 빠질 것이다.

온 세상을 다 바꿀 수 있을 것 같은

아름다운 착각에 빠질 것이다.

시간은 존재를 구속한다

- 시간의 풍경이 다른 우리는

부모님과 함께 광화문 광장을 걸었던 날, 아버지의 자동차를 타고 서울 시내를 가로질렀다. 운전에 늘 당당하던 아버지인데, 그날은 유독 브레이크에 자주 힘이 들어갔다. 그 모습이 낯설고, 어쩐지 쓸쓸하게 느껴졌다.

시간이 흐르면 당연해지는 것들을, 그럼에도 당연하게 받아들이지 못하는 마음이 따갑게 조여왔다. 갓길에 차를 세우고 부모님과 광화문 광장을 걸었다.

"여기는 청사고, 저기는 미국 대사관이야. 저 건물은 세종문화회관이야."

아버지는 주변 건물을 하나하나 설명해 주셨다.

나는 그동안 알지 못했던 것들에 대해 들었다. 서울의 놀거리나 먹거리는 아버지보다 더 잘 알고 있을지 몰라도, 서울을 바라보는 당신의 시선만큼은 따라갈 수 없었다. 겉으로만 지나치던 나의 눈

과 삶이 녹아든 당신의 눈은 서로 다른 길을 향하
고 있었다.

*

　아버지의 시간과 나의 시간은 다른 속도로 흐르
고 있다는 걸 안다.

　지나온 세월이 다르듯, 흐르는 방식도 다를 것
이다.

　시간은 나이에 맞게 흘러간다는데,

　어느덧 육십 킬로미터로 달리는 당신의 시간이
너무 빨라 지칠 때도 있지 않을까.

　젊은 날이 이미 지났다지만, 당신의 젊음도 나처
럼 그렇게 흘러갔을까.

　어쩌면 채우지 못한 젊음의 빈 곳이 문득 아려올

지도 모른다.

당신의 이십 대와 나의 이십 대는 달랐으니까.

시대의 공기와 삶의 풍경이 달랐더라도 이따금 지금의 나와 누나의 모습을 보며

가끔은 부럽다고 느끼셨을까.

어쩌면 아주 작은 질투심이 스치진 않았을까.

시간은 기다려주지 않는다. 지금도 흐르고 있고, 그만큼 과거는 쌓여간다.

그 과거를 되감아 한순간을 꼭 집어 그때로 돌아갈 수 있다면.

너무도 빠르게 흘러가는 시간 속 잊지 못할 하루쯤은 평생 품고 갈 수 있다면.

그런 기술이 있다면 나보다 당신께 먼저 드리고 싶다.

그렇다면 당신은 어떤 장면을 마음에 품으실까.

시간은 존재를 구속한다. 그 속도에 맞게 우리는 살아간다.

나의 시간과 아버지의 시간은 서로 다른 리듬으로 흘러간다. 과거로 돌아갈 수 없고, 선택을 무를 수도 없다.

그렇기에 하루를 살아가며 아쉬움 없이 잠들 수 있다면, 아쉽더라도 다가올 내일을 믿으며 안심하고 잠들 수 있다면,

그것만으로도 잘 살아가고 있는 게 아닐까.

스물-스물아홉, 무한한 마음의 이름들

멋진 신세계

- 고통을 이겨내면 비로소 빛나는 것

고통 없는 멋진 신세계를 꿈꿨다.

성공을 갈망하지만, 고통은 싫었다. 그저 마음 편하게 돈과 명예를 좇고 싶었다. 가죽을 남기는 호랑이처럼 내 이름 석 자 남기고 싶었다. 친구의 성공은 질투이자, 고통이 되었다. 어른의 관심을 받고 싶던 아이의 이유 없는 행동처럼. 나의 불만은 커져만 갔다.

장난감 하나를 갖고 싶어서 울며 떼를 쓰던 어린 시절이 있었다. 요지부동으로 장난감 앞에 서 있으면 아버지는 곧 다가오셔서 장난감을 꺼내주셨다. 그날의 만족감은 지금의 것과 많이 달라졌다. 이제 울며 떼를 쓰는 일은 없다. 하지만, 그날과 크게 다르지 않은 갈망은 여전히 품고 살아간다.

성공이 쉬웠다면 성공을 갈망하느라 새겨진 가슴

속 뜨거운 응어리도 생기지 않았을 텐데. 깊은 한숨을 내뱉어 밤공기를 뜨겁게 달구는 일도 없었을 텐데. 친구를 질투하는 일도 없고, 떼를 쓰거나 눈시울을 붉히는 일도 없었을 텐데.

실패한 사람의 눈물은 누가 닦아줄 것인가. 실패가 없다면 눈물을 흘릴 사람도 없지 않을까. 모두에게 금메달을 걸어준다면, 모두가 행복할 수 있지 않을까. 성공이 쉬웠다면. 과정이 힘들지 않았다면. 노력하는 일이 고통 없이 기쁨으로만 가득하다면. 그런 멋진 신세계를 찾고 싶었다.

그러나, 멋진 신세계의 부조리를 꼬집는 우리는 그 세계가 잘못되었음을 안다. 모두가 행복해야 하는 세상이지만, 모두가 행복할 수 없다는 것을 안다. 행복을 좇고 있다는 말이 자연스러운 우리는 온전한 행복이 없음을 안다. 고통이 있다는 것도 자연스럽게 받아들인다.

성공이 쉬운 일이었다면. 그 과정에서 응어리질 일도 없다면. 오롯하게 기쁨으로만 가득하다면. 아이러니하게도 우리는 굳이 성공을 갈망하지 않을지도 모른다.

성공은 아픔 속에서 피어났기에 더 가치 있다. 이름 석 자 남기는 과정이 고됐기에 그 이름이 더 빛난다.

잊고 싶지 않은 기억

- 추억이고 싶은 순간이 있다

결국 잊힐 것들이 대부분인 삶에서 그럼에도 우리가 놓아주지 못하는 것들은 얼마나 큰 가치를 지니고 있을까. 눈으로만 담기 아쉬운 광경 앞에서 휴대전화를 꺼내 렌즈를 돌렸다. 기억은 영원하지 못하니, 그 순간을 사진으로 담아 영원토록 보관할 셈인가.

베란다 한쪽에 쌓아놓았던 뽀얗게 먼지 쌓인 일기장. 1학년 6반 14번이었던 내가 쓴 그 짧은 일기. 날씨마저 기록된 그날은 얼마나 기억할 만한 하루였기에 여전히 남았나.

가장 사랑하는 사람의 전화번호조차 기억하지 않는 지금. 그럼에도 우리가 기억하고자 남기는 것은 얼마나 큰 가치를 지니고 있을까.

놓아주지 못하는 기억들이 늦은 밤 함께 앉아 웃으며 꺼내볼 수 있는 기억으로 존재하기를 바란다. 조금씩 변질되어도 아픔 없는 기억이길. 소소한 안줏거리가 된 한 남자와 한 여자의 사랑 이야기처럼 그저 그렇게 웃어넘길 수 있는 기억으로 존재하기를.

휴대전화 사진첩 속 가장 오래된 사진들을 확인했다. 다시 보고 싶은 사람, 그리운 시간과 장소의 향기가 나를 스쳐 지났다. 일상에 내려앉은 지금은 모두 사소하게 잊힌, 혹은 기억 한편에 옅게 자리 잡았지만. 좀처럼 사라지지 않는 기억들. 가벼운 기억으로 남겨야 할 것들을 가끔은 데리고 나와 세상의 빛을 쬐게 해주고 싶다.

그렇다면 기억하려 애쓰지 않는 평범한 순간은 어떻게 남게 될까. 이 순간의 분위기와 기분, 향기와 습도는 어떻게 기억될까. 기억하려고 노력했던 순간도 쉽게 사라지는 것을. 기억하려고 애쓰지 않는 이 순간은 얼마나 빠르게 잊힐까.

지금 내 앞에 앉은 사람. 익숙한 이 사람은 언제까지나 함께일까. 휴대전화에 남기지 않는 이 순간. 일기장에도 기록하지 않은 이 순간. 그저 흘러가는 시간은 애처롭게 빠르기만 하다. 잊히는 것은 너무 쉽다. 기억해야 할 것들을 영원히 기억하고, 잊고 싶지 않은 것들을 영원히 기억하고 싶다. 항상 곁에 머무르듯 함께하고 싶다.

당신은 누군가의 이상형이다

- 조금 더 나은 내가 되겠다

당신은 누군가의 이상형이다.

차가운 거울 앞에 선다. 눈과 코와 입. 각진 얼굴형. 하나하나 천천히 바라본다.

음과 양의 조화가 아름다운가. 혹은 제각각 뚜렷한 빛을 내는가. 거울에 손을 댄다. 차갑다. 차가운 것은 거울인가. 거울 속에 비친 나인가. 나 자신을 사랑할 줄 모르는 사람을 사랑하는 이가 있을까. 나 자신도 사랑하지 못하면서 누군가를 진심으로 사랑했다고 말할 수 있을까. 사랑하고 있다고 말할 수 있을까. 가슴을 펴고 살라는 말은 허상을 꿈꾸라는 말이 아니고, 목소리를 높이라는 말은 거짓을 선동하라는 말이 아니다.

당신의 온전함을 누군가는 사랑하고 있다.
가만히 앉아 있는 당신의 평온함을 누군가 바라보고 있다.

타이밍이 맞지 않았나. 가슴 속에만 품고 있던 그 소식을 전할 전령이 없어서였을까. 우리는 얄팍한 끈으로 연결되어 있지만, 그 끈을 당길 용기는 없다. 그렇게 시간이 흐르고, 누군가 그 곁을 떠난다. 당신의 온전함과 평온함은 그렇게 나에게서 잊히고, 나의 온전함과 평온함도 너에게서 잊힌다. 그렇게 우리는 다시 홀로 남아 아무것도 위로가 되지 않는다는 말로 자신을 깎아내리고 마음에 큰 짐을 얻는다.

당신은 누군가의 이상형이다.

하루의 끝에서 따뜻한 물로 샤워하면서 다시 거울을 바라본다. 눈과 코와 입, 각진 얼굴형과 살구색의 몸. 하나하나 천천히 곱씹어본다. 조화를 꿈꾸는 세상의 바람처럼 아름답게 이어졌던가. 혹은 제각각 투박한 빛을 내는가. 거울에 손을 댄다. 거울에 닿은 물이 금방 식었나. 차갑다. 차가운 것은 나를 거친 물인가. 거울 속에 비친 나인가.

손을 잡고 걸었던 지난날. 내게 사랑한다고 말했던 당신은 나의 어떤 모습을 사랑했는가. 나에게 명확히 알려주고 떠났다면, 내가 가진 아름다움을 알 수 있었을 텐데. 그 모습으로 살아갈 수 있었을 텐데.

당신은 누군가의 이상형이다.

잠에 들기 전, 이불을 가슴팍까지 끌어올리고, 눈을 감는다. 창문을 연다. 덥고 습한 바람이 분다. 바람은 거실을 가로질러, 내 방으로 돌아온다. 다시 내 방을 가로질러 거실로 돌아간다. 그렇게 뒤섞인 더운 바람이 나를 감싼다.

나를 사랑할 당신이 나를 알아볼 수 있도록 나는
조금 더 나은 내가 되겠다.

사랑은 메타포로 시작된다

- 전하지 않았을 때 가장 아름다운 것

여름을 닮았던 그 사람을 처음 만났을 때. 그 사람의 몸짓은 파란 하늘에 가득했던 뭉게구름 같았어. 머리 위로 내리쬐던 햇살처럼 빛났지. 그 사람을 만날 때마다 생각했어. 너는 여름을 닮았노라고. 그땐 그 감정이 어떤 감정인 줄도 모르고 그렇게 말했어. 그저 그 사람을 닮았던 계절과 그 계절의 한복판에 서 있을 때, 이 계절이 지나면 그 사람도 사라질 것만 같았어.

하루는 친구가 내게 말했어.

"나이가 더 차면… 그때도 순수한 사랑을 할 수 있을까?"

스물의 중반을 지나 후반으로 향하는 지금. 어느 순간이 되면 우리도 순수함보다는 확실함을, 설렘보다는 안정을 택하지 않겠느냐고.

그러던 중 만난 그 사람. 여름을 닮았던 그 사람은 마치 스물을 막 시작했을 때처럼 모든 것이 아름다웠던 순간으로 나를 되돌려주는 것 같았어.

만약에 스무 살로 돌아갈 수 있다면 어떨까? 그 나이로 돌아가 그 사람을 만난다면 현실 따위는 생각하지 않고 그 사람의 여름에 폭 빠져들 수 있었을까?

한여름 밤의 꿈처럼 달콤함을 잃지 않기 위해 어떤 노력이라도 하지 않았을까.

순수했던 그날의 나와 달리 시간은 나를 가두었어. 함께할수록 갖은 생각에 망설임이 늘었어. 그래서 전하지 못했던 마음. 아니, 어쩌면 전하지 않았던 마음만 남아버렸어.

그 마음은 전하지 않았기에 아름답게 남았을 거야.

그 감정이 사랑이었다는 것을 지금은 알고 있지만.

그 마음은 전하지 않았기에 아름답게 남았을 거야.

그 감정이 사랑이었다는 것을 지금은 알고 있지만.

내 인생의 지은이

- 나답지 않은 나를 사랑하기까지

늦은 밤에 번화가를 걸었어. 거리는 시끄러운 풍경으로 가득했어. 사람들 사이를 걷고 있으면 그 다색의 무리에 끼고 싶다가도 단색의 것이 좋아 고개를 숙인 채 발걸음을 재촉했지. 나답지 않은 것일지라도 가끔은 그런 모습을 즐기고 싶었어. 어쩌면 우린 그런 과정에 서 있는지도 몰라. 가장 나다운 것을 찾는 시간.

가끔 지난날을 후회할 때가 있어. 평소의 나라면 하지 않았을 거 같다고 생각했던 일들. 나답지 않은 옷을 입거나, 나답지 않은 말을 하거나. 비속어가 섞인 말을 하면 친구들은 이상하다는 듯 쳐다봤어. 그러다가 한 친구가 말했어.

"너 좀 변한 것 같아."

그 말을 듣고는 머리가 띵하게 아려왔어. 내가 나

답지 않다는 말. 나다운 것이 무엇이길래 지금 내가 하고 있는 행동이 나답지 않다는 것인지. 난 언제나 온전한 나로 살아왔는데. 난 한 번도 나답지 않게 살았던 적이 없는데. 그 말을 듣고 돌아보니 내 과거가 낯설게 느껴졌어.

단색을 좋아했던 내가, 다색이 되고 싶었던 걸까. 검정에 가까운 것이 무지개가 되고 싶었나.

어쩌면 그때 그 번화가에서 다색의 무리에 끼고 싶다고 생각했던 건 갖지 못한 것에 대한 막연한 동경이 아니었을까. 그러면 나는 어떻게 살아야 나답게 사는 것일까. 단색에 가까우니 단조롭게 살아야 하는 걸까. 화려한 옷은 끝내 내 옷일 수 없는 걸까.

나를 찾는 과정이 어렵다는 건 알고 있었는데 그 과정이 이렇게 오래 걸릴 줄은 몰랐어. 명확한 해답은 없는 것 같았지. 아직도 나는 나다운 걸 찾지 못했어. 화려한 옷을 보면 마음이 끌리다가도 그 옷을 걸친 내 모습을 보면 이내 어울리지 않는다는 생각이 드니까.

어쩌면 나는 평생 나다운 걸 찾지 못할지도 몰라. 내가 만들어가는 삶의 과정에서 지은이는 오롯이 내가 아닐 수도 있으니까. 나는 그저 엮은이에 불과할지도 모르지. 그럼에도 나로서 존재하려는 마음만큼은 포기하지 않기를 바라. 시간이 흘러 완성한 책에는 내 이름이 온전히 새겨져 있을 테니. 그 모든 시간이 결국 나였음을 우리는 결국 알게 될 거야.

새롭게 마주할 것들을 위해

- 놓아줄 것을 놓아줄 수 있는 사람

새로운 것을 받아들이는 것보다 기존의 것을 버리는 것이 더 중요했다.

낡은 것이 떠나고 새로운 것이 들어설 때 떠나간 것이 남기고 간 마음속의 단단한 못을 모두 빼내야만 했다. 미처 빼내지 못한 못이 새로운 것을 다치게 하지 않도록. 마음을 깔끔히 청소해야만 했다.

봄이 지나갈 때, 찬란한 벚꽃잎을 구경하러 거리에 나온 사람들 사이로 꽃잎이 떨어졌다. 아쉬웠다. 화려한 거리 위를 수놓던 하얀 꽃들이 조금씩 떨어지던 순간. 까만 바닥이 하얀 꽃들로 물들어갔다. 아쉬움도 잠시. 떨어지던 벚꽃잎을 가만히 보며 그 한복판에 서 있으니, 그 모습은 마치 꿈속에서 볼 법한 따뜻한 낭만을 품은 봄비처럼 느껴졌다. 그 순간의 온도와 습도 그리고 분위기가 좋았다.

그렇게 며칠이 지나고 높은 하늘을 가렸던 벚꽃 잎이 모두 떨어져 나무가 듬성해졌다. 사람들에게 짓밟힌 꽃잎은 일그러진 형태로 대미를 장식했다. 봄이 거의 지나갔나 보다. 이제 여름이 오는가. 봄이 지나면 여름이 오는 건 자연스러운 흐름이지만 싫었다. 봄이 내게 줬던 따듯한 낭만을 놓치고 싶지 않았다. 무더위에 흘릴 땀이 싫었다. 세찬 비에 젖을 어깨에 벌써 눅눅한 기분이 들었다.

하지만, 지나갈 시간이라면 깨끗이 보내줘야지. 지나가는 봄에서 낭만을 발견했던 것처럼 여름의 푸름 가득한 그 풍경에 또 한 번 감탄하게 될 테니.

지나간 시간에 미련을 두지 말자. 버려야 할 건 온전히 버리자. 그것이 사람과의 관계일지라도. 떠나간 것이 남겨둔 자리를 닦자. 새롭게 들어설 것을 위해 버려야 할 것은 버리자.

비가 많이 오던 날

- 먹구름 사이로 파란 하늘 보인다

비가 참 많이 온다. 빗물이 넘쳐 하천의 산책로가 사라졌다. 해가 떴으나, 보이지 않는다. 낮은 구름이 빠르게 지난다. 진하고 옅은 먹색의 구름이다. 구름이 꽤 빠른데, 끝없이 밀려와 지나간 자리를 채운다.

채워지지 않은 작은 틈으로 파란 하늘이 보이나, 금방 사라진다. 그래, 이 무거운 먹구름 위로 우리가 그리던 파란 하늘이 있다. 기압이 세찬 비를 고정해도, 우리는 이 비가 지나갈 것을 알기에, 평범하게 살아간다. 비가 발목을 적셔도 우린 걸어간다.

다시 만날 파란 하늘과 하얀 구름을 위해 우리는 이 먹구름을 이겨낸다. 우산을 쓰거나, 실내에 머물거나, 장화를 신거나, 벽을 세우면서. 그렇게 각자의 방식으로 이 비를 이겨낸다.

우린 그렇게 각자의 방식으로 다시 밝은 날이 오기를 기다린다. 각자의 흐린 날을 그렇게 이겨내고 있다.

울고 싶은 날

- 비로소 가벼워지는 마음

눈물을 흘릴 때, 억눌렀던 감정이 쏟아진다. 차오르는 감정에 가슴이 부푼다. 입술을 꽉 깨물어 봐도 뜨거워지는 눈시울을 식힐 수가 없다. 찬바람 맞아 열기를 식히려는데, 시린 볼 위로 뜨거운 무언가 흐른다. 그 뜨거운 것을 손으로 닦는다. 손으로 닦고서 먹먹한 눈으로 바라보니, 투명한 눈물이다. 고작 투명한 눈물이었던가. 쌓여있는 감정이 겨우 투명한 눈물로 나오는가. 그 감정이 이리 맑아도 되는가. 감정이 내게 준 세상은 투박하고 불투명한데, 왜 나는 그것을 이리도 깨끗하게 내뱉는가. 나는 피눈물을 흘려 불투명한 그 세상을 온전히 내뱉고 싶다.

코가 맹맹해지고, 맑은 콧물이 흐른다. 슬프다가 이내 기뻐지다가 가벼워지는 마음. 물먹은 깃털 같던 마음은 찬바람에 다 말랐는지 가벼워진다. 하늘

을 날아오를 것처럼, 마음이 가볍다. 투명한 눈물은

깨끗하게 정화된 내 마음이었다.

다시 만날 그날에

- 같은 목표를 향해 달렸던 우리

같은 옷을 입고 같은 목표를 향해 달렸던 날을 기억해? 학교 뒤 팔각정에서 소리 지르면서 남은 날을 하얗게 불태우자고 외쳤던 너와 나. 하루를 함께 보냈던 우리 사이의 거리가 이제는 꽤 멀어진 듯해.

야간자율학습 쉬는 시간에 우린 깜깜한 운동장을 걸었지. 밤새가 잔잔하게 울고 있을 때면 자습실과 교실의 불빛에만 의존한 채 우린 계속 걸었어. 우리 사이에는 이렇다 할 대화는 오가지 않았어. 사실 그 어떤 대화도 필요하지 않았던 거야. 서로의 고된 마음을 너무도 잘 알던 우리였기에, 자잘한 말은 필요하지 않았지. 그저 서로가 곁에 있음에 감사했어. 이 길을 걸으면서 의지할 사람이 존재한다는 것만으로 충분했으니.

그날 우리는 경쟁자였지만, 가장 친한 친구였지. 경쟁의 의미가 뭘까? 너를 깎아서 나의 부족한 점을 채우는 것. 그것이 경쟁일까? 상대적으로 사람을 평가하는 우리 사회를 조금 더 냉정하게 바라본다면 분명 너는 내가 뛰어넘어야 할 상대였지.

네가 올라갔다는 건 결국 내가 내려갔다는 것을 의미했으니.

그럼에도 우리가 환하게 불 켜진 교실 아래에서 고요한 운동장을 함께 걸을 수 있었다는 것은 우리 사이에는 이미 경쟁 그 이상의 끈끈함이 생겼다는 뜻이겠지.

우리는 서로의 아픔을 보듬어줬어. 때로는 감싸줬고, 또 붙잡아줬으니.

시간이 많이 흘렀어. 너와는 자연히 멀어졌고 이제 우리는 길을 지나다 우연히 만나는 순간만을 기대하며 살아야 하는지도 몰라. 우리가 했던 약속이 있었지. 반드시 성공하자고. 성공한 후 다시 만나서 지난날을 회상할 수 있는 멋진 어른이 되자고.

나는 아직 그런 어른이 되지 못했어. 너는 어때? 너는 그날 팔각정에서 외쳤던 모습처럼 네가 보기에 아쉽지 않은 어른이 되었니?

그날 팔각정에서 외쳤던 그 외침을 생생히 기억해. 그날의 연장선을 살아가고 있는 우리이기에 여전히 달리고 있을 너를 생각하면서 나도 오늘이 마지막인 것처럼 달려갈게.

새하얗게 빛났던 그날 우리의 순수했던 마음이 각자의 색으로 칠해지는 지금. 그 색이 다소 짙어져 훗날 서로를 알아보지 못할지라도. 혹여 그 색이 어두워졌을지라도.

어둠에서도 비로소 밝게 빛날 빛 하나 품고 살아왔다면 우린 그 모습 그대로 멋질 거야. 다시 만날 그날을 위해 오늘도 묵묵히 달려가자.

다시 보게 된다면 운동장보다 더 넓은 곳에서 만나자. 환한 햇살 맞으면서, 못다 했던 이야기 나누자. 어떻게 살아왔는지. 무엇을 이뤄냈는지. 그것은 중요하지 않을 거야. 그저 우리가 성장해 다시 만났음에 감사하며 걷자. 그렇게 어디든 함께 걸어가자.

열심히 산다는 것

- 예쁘게만 보이고 싶었다

"형은 정말 열심히 사는 것 같다."

오랜만에 연락이 닿은 대학 동기의 말에 웃었지만, 그 웃음은 오래가지 않았다. 그 말이 칭찬처럼 들리기보다, 지금까지 나 자신을 잘 포장해 왔다는 말로 느껴졌기 때문이다. 나는 정말 열심히 살고 있는 걸까. 아니면 그저 열심히 사는 척하고 싶은 걸까. 시간을 헛되이 쓰지 않기 위해 애써왔다고 생각했지만, 마음은 늘 허전했다. 효율을 좇으며 살면서도 그 안에 내가 있는지조차 알 수 없었다. 결과를 위해 쏟아낸 하루 끝엔 늘 공허함이 남아 있으니.

사람 사이의 관계도 마찬가지였다. 발자국이 넓어지면서 가벼운 인연은 많아졌으나, 깊은 관계는 희미해졌다. 내 편이라 믿었던 사람에게서 설명할 수 없는 거리감을 느꼈다.

멀어진 관계를 좁히기 위해 노력했었다. 열심히

살겠다는 마음으로 벌여놓았던 일처럼. 관계를 마치 하나의 일처럼 생각했다. 멀어지기 싫었다. 모두와 원만한 관계를 유지하는 게 옳다고 생각했다. 누구 하나와도 거리가 멀어지는 건 내 삶에 짙은 흠으로 남을 것만 같았다.

그럼에도 마음은 뜻대로 움직이지 않았다. 마음속에 깊이 자리 잡은 트라우마가 있었으니. 친구들과 사이가 틀어져 고통 속에서 살아야 했던 기억이 있다. 그들이 세상의 전부라고 생각했었다.

다시 누군가와 멀어진다면 그곳에도 그날처럼 날카로운 시선이 존재할 것만 같았다. 그 시선이 화살촉이 되어 내 심장을 꿰뚫을 것 같은 괴로움. 그래서 관계를 열심히 다져놓았지만, 다시 멀어질지도 모른다는 두려움은 커다란 울렁임을 가져왔다.

관계에서 최선을 다하고 싶었던 건, 어쩌면 그 트라우마에서 벗어나고 싶었기 때문 아닐까.

그럼에도 만나게 될 사람들에게 나는 어떻게 다가가야 할까.

내 아픔이 누군가의 기쁨이 될까 두렵다.

결국 나는 더 이상 상처받지 않기 위해 침묵을 택했다. 차라리 세상이 나에 대해 모르기를 바라는 마음. 그렇게 나를 그저 담담한 사람으로 봐주기를 바라는 마음으로. 그러니 세상은 보여주는 것보다 감추는 게 더 중요한 곳일지도.

그렇게 침묵 속에서 조용한 하루를 보낸다.

말을 아끼는 것이 지혜가 되었고, 느리게 걷는 게 더 멀리 가는 것임을 배웠다.

그래서 다시 묻는다.

나는 정말 열심히 살아가고 있는 걸까.

아니면 여전히 열심히 사는 척하며 하루를 예쁘게 포장하고 있는 걸까.

행복을 위해 고통 속을 달린다

- 고통을 참아내면 빛이 있을 거라고

행복하기 위해 살다 보면 고통을 더 자주 만나는 것 같았다. 그럼에도 고통을 이겨내면 행복이 찾아온다는 말에 현실을 참고 길을 걸었다. 그러나 행복은 명확한 모습을 보여주지 않았다. 만남은 이별을 전제로 하고, 삶은 죽음을 전제로 하기에, 우리는 어디까지나 고통과 행복을 동시에 마주할 수밖에 없다.

고통은 명확하다. 사랑하는 사람과의 이별, 죽음 그리고 몸과 마음에 남은 흉터. 기억에 남아 있는 고통스러운 상황을 떠올릴 때면 누구나 그 상황을 쉽게 떠올린다. 그렇게 아픔은 선명하게 묘사된다.

하지만, 행복은 모호하고 상대적이다. 누군가에게는 경제적 풍요가, 건강이, 시간이, 행복의 조건일 수 있다. 청춘은 종종 그 상대성 속에서 흔들린다. 우리는 저마다 다른 행복의 정의를 품고 있지만, 그 찰나를 위해 대부분의 같은 고통을 겪는다.

우리는 흐릿한 미래 앞에서도 행복을 위해 달린다. 하지만, 그곳에 행복이 있으리라는 보장은 없다. 그렇게 막연한 두려움을 함께 품고 달린다. 기약 없는 인내의 시간이 흐른다. 행복을 위해 달리는 우리는 역설적으로 고통과 함께 달린다.

참고 달리면 빛이 있다는 말과 지금은 어두운 터널을 달리고 있을 뿐이라는 말. 그런 어른들의 말이 답답하게 느껴진다. 찰나의 행복을 위해서 혹은 끝내 이루지 못할지도 모르는 행복을 위해서 언제까지 고통을 참아야 하는지. 빛은 어떤 형태로 존재하는 건지. 이 터널의 끝은 있는 건지. 언제나 어른들은 명확한 답은 주지 않았다.

피할 수 없다면 부딪히라는 말. 그 시작에 서 있는 청춘에게는 한없이 어렵기만 하다.

스물-스물아홉, 무한한 마음의 이름들

내 삶이 정리되는 날에

- 한 권으로도 정리되지 못할 삶

억눌렀다. 부정적인 감정도, 긍정적인 감정도 모두 그래야만 했다. 눌러야 한다길래, 예쁘게 다듬어 보여줘야 한다길래 제멋대로인 감정을 정리했다. 사회성이 만들어낸 형식적인 성격은 결국 개인적인 성격마저 집어삼켰다. 백 년. 길게 잡아야 백 년이고, 아마 팔십 년 남짓일 것이다. 이제는 육십년 남짓 남은 인생에서, 그 길이는 너무도 찰나인데 신경 써야 할 것은 왜 이토록 많은 걸까.

가끔은 내 삶이 끝나는 날, 모든 이야기를 묶어 한 권의 책으로 정리하는 상상을 해본다. 그렇게 거대한 책꽂이 한쪽에 그 책을 꽂는 상상. 얼마나 많은 내용이 들어있을까. 다시 펼쳐볼 만큼 가치 있는 삶일까.

책장 앞에서 다른 책들을 하나씩 만져봤다. 누

군가의 이야기 혹은 지어낸 이야기. 제각각 다른 두께. 그 책 속에 담긴 이야기는 주인공의 삶을 어떻게 정리했을까. 가장 아래 구석에 아버지가 읽어주셨던 공룡백과사전이 있었다. 제법 두꺼웠지만, 여느 장편소설과 그 두께는 크게 다르지 않았다.

한 권으로 정리된 공룡의 삶. 우리가 나타나기 전, 시대를 지배했던 공룡은 우리보다 훨씬 오랜 세월을 살았음에도 한 권의 백과사전으로 정리되었다. 그런데도 우리는 수 세기를 산 그들보다 마치 우리의 역사가 더 오래된 것처럼 생각한다. 그렇게 길게 존재했음에도 책 한 권으로 정리될 삶이라면, 고작 몇십 년을 살아가는 우리는 왜 이렇게도 하루하루를 버둥대며 살아가는 걸까.

무엇을 위해 울고, 무엇을 위해 싸우는 걸까.

무엇을 위해 울고,

무엇을 위해 싸우는 걸까.

가을

- 다가올 날들이 나를 가로막을지라도

떨어지는 낙엽이 뺨을 타고 발등 위로 떨어진다. 주위는 노랗고 붉은빛으로 가득하다. 한쪽에 쌓인 낙엽의 무덤이 무색하게 다시 쌓인 나뭇잎은 첫눈을 연상케 한다. 조용한 가을의 어느 하루, 햇볕은 따스하지만 바람이 차다. 평온한 풍경 속에서 내 마음은 분주하게 질문을 던지고 있다. 난 갈 곳을 정해야 했다. 돌아가야 할까. 더 가야 할까.

가을의 한가운데, 한 해의 후반에서 돌아가기엔 너무 멀리 왔다는 생각이 들지만, 더 나아가기엔 무섭다. 저 먼 곳에는 어떤 것이 있을지. 알 수 없는 미래에 빠져 가라앉지는 않을지. 아직 가본 적 없는 길 앞에서 발걸음을 멈추었다.

차라리 왔던 길로 돌아간다면 편할 텐데. 그러기엔 열심히 달렸던 지난날이 아깝다. 신발의 뒤창이 닳아서 기울어졌고, 그만큼 난 먼 길을 걸어왔다. 나는 과연 무엇이 두려운 걸까.

처음 이십 대를 맞이했던 날을 떠올린다. 벅차오르던 기분. 성인이 되었다며 들떠있던 모습을 기억한다. 물론 얼마 지나지 않아 성인이 되었다는 것이 마냥 기쁜 일이 아니라는 것을 깨달았지만.

이십 대 중반, 어김없이 한 해는 지나간다. 여전히 갈 길이 멀지만, 어쩐지 발등 위로 떨어지는 낙엽이 발걸음을 붙잡는 것만 같다. 나는 앞으로 더 나아갈 수 있을까.

발을 털어 발등 위에 얹힌 낙엽을 치운다. 낙엽은 계속 떨어진다. 머리와 어깨 다시 발등에. 그래도 걷고 있다. 저기 쌓여있는 낙엽의 무덤처럼 되진 않으리라고 다짐하면서. 다가올 미래가 두렵지만 다시 걷기 시작했다.

스물-스물아홉, 무한한 마음의 이름들

에필로그

괜히 들뜨는 마음에 오늘은 발걸음이 가볍네.

난 지금 초록 가득해진 봄의 한가운데에 서 있어.

난 꽃보다 푸른 나무가 좋더라고. 초록 아래 선 내 모습을 상상하며, 오늘을 지내고 있어.

봄바람에 흔들리는 나뭇잎들이 잔잔한 소란을 일으키고 있어.

어떻게 지내?

우리가 각자의 위치에서 내디딘 발걸음이 어디까지 왔는지. 나는 잘 모르겠어. 그래도 봄이 왔어. 봄이 지나가고 있어.

우리 머리 위 피어난 푸르른 것들을 기억하자. 가능하면 오랫동안 초록을 붙잡고 그 색을 손에 꼭 쥐고서 살아가자. 나는 우리가 봄처럼 살면 좋겠어. 그렇게 살아가면 좋겠어.

스물-스물아홉, 무한한 마음의 이름들

초판 1쇄 인쇄	2026년 2월 10일
초판 1쇄 발행	2026년 2월 27일

지은이	최윤형

펴낸이	이장우
책임편집	송세아
사진	최윤형
디자인	theambitious factory
제작	안소라 김소은
관리	김한다 한주연
인쇄	KUMBI PNP

펴낸곳	도서출판 꿈공장플러스
출판등록	제 406-2017-000160호
주소	서울시 성북구 보국문로 16가길 43-20 꿈공장 1층
이메일	ceo@dreambooks.kr
홈페이지	www.dreambooks.kr
인스타그램	@dreambooks.ceo
전화번호	02-6012-2734
팩스	031-624-4527

일부 맞춤법 및 띄어쓰기의 변형은 저자 고유의 글맛을 살리기 위함입니다.

ISBN	979-11-24181-09-6
정가	15,500원